KB144593

바디프로필 도전
1일차입니다

냥이 문고

바디프로필 도전 1일차입니다

스텔라

행성B

차 례

네 아이의 엄마,
운동의 세계에 발을 들이다

10년 동안 생물학적인 여자로만 살았다. 그 10년이 의미가 없었냐고 물으면 그렇다고 할 수는 없다. 아이를 낳고 키우는 시간이 참 소중했던 건 사실이지만, 오롯이 내인생을 놓고 본다면 양날의 검이었다. '아이를 낳으려 태어난 사람'처럼 육아에 쫓기며 삶의 의미를 찾아 종종거리던 그 기간이 행복하지만은 않았다. 아니, 너무 힘들어서 불행에 가까웠다는 것이 내 솔직한 마음이다.

그 당시 내 삶의 현장은 여러 존재가 서로 저 살겠다고 소리치는 아우성 그 자체였다. 육아의 물리적인 고단함 속에서 내 일상은 바늘 하나 들어갈 여유 없는 전쟁터 같았다. 나는 그때 내 인생에서 가장 암울한 시간을 보내고 있었다. 빛이 보이지 않는 끝없는 터널을 혼자 걷고 있는 것만 같았다. 마흔이 넘도록 손에 잡히지 않는 그 무엇인가를 향해 내 꿈을 꽉 쥐지도, 놓지도 못하고 그렇게 육아 혹한기를 살아냈다.

세상에 성공과 실패라는 두 개의 카테고리밖에 없다면 지난 나의 20~30대는 명백한 실패 퍼레이드다.

그때 삶의 2막을 다시 쓸 수 있도록 나를 도와준 것이 바로 몸을 움직여 나를 깨워내는 일, 한가한 자들의 전유물로 여겨 평소에 우습게 보았던 '운동'이었다. 그리고 글쓰기였다. 이 두 가지 도구는 외부에서만 삶의 의미를 찾아다니던 나를 내면으로 되돌아오게 도와주었고 내 삶에 필요한 모든 에너지를 일단 내 앞으로 모아 정렬시켰다. 그리고는 천방지축 힘들어하던 나의 일상에 평온하고 안정된 '리듬'을 실어주었다.

운동과 글쓰기는 닮았다. 누구나 할 수 있지만, 꾸준히 끝까지 하는 사람은 매우 드물다. 그만큼 '이젠 됐다' 싶을 어느 지점까지 지속하여 완전한 습관으로 만들기 어려운 분야다. 하지만 한번 눈이 맞으면 폭발적인 에너지를 내는 영역이기도 하다. 단박에 눈에 보이는 성과가 나는 건 아니지만 그로 인해 인생을 힘차게 살 수 있는 에너지가 흘러들어온다. 수많은 도전과 실패를 뒤로하고 진짜 나를 찾겠다면서 세상 밖으로 고개를 빼꼼 내밀었지만 어지럽게 돌아가는 세상에 기가 죽어 자꾸만 원점으로 돌아왔다. 아무도 뭐라 하지 않았지만 이렇게 제자리로 돌아오는 자신이 싫었다. 계속 헤매고 다닐 자신도 없었다. 아이 넷 키운 것도 경력이라며 큰소리치고 싶었고, 실제로 한동안 네 아이 엄마라는 것을 내세워 무장하고 다니기도 했지만 내 안의 목소리가 자꾸만 말했다.

'너 정말 초라하고 자신 없어 보여. 아이 엄마라는 타이틀이 오롯한 너 자신은 아니잖아. 아이들 뒤에 치사하게 숨은 것 같아.'

주변에서 아무리 '네 아이를 낳고 키운다는 것은 아무나 할 수 없는 대단한 일'이라 치켜세워도 도무지 내 눈엔 이것으로 내가 세상과 접속할 접점이 보이지 않았다. 나 스스로가 당당하지 못하니 계속 쭈그러들었고 더 설 곳이 없어지자 쓸쓸한 집 밖의 풍경들과 대면하는 일이 고통스러웠다. 집 안에서 아이들과 있다 보면 집을 뛰쳐나가고 싶고, 막상 밖에 나가면 아이들이 눈에 밟혀 다시 돌아오던 날들. 난 그때 몹시도 위태로웠다.

짙은 방황이 지속되던 어느 날, 날 다시 일으켜 세운 것은 운동이었다. 활동하던 모임에서 함다(함께하는 다이어트)라는 팀을 꾸려 100일간 함께 운동하고 바디프로필 촬영에 도전한다는 내용의 공지가 죽비가 되어 나를 쳤다. 시간이 지나면 희석될지도 모르는 마음을 냅다 잡아다가 눈 꼭 감고 신청 댓글을 날렸다.

그렇게 선지름 후수습이라는 훌륭한 자기 통제 방법으로 나의 새로운 인생 운동이 시작됐다. 그동안 내가 운동을 전혀 안 한 것은 아니지만 그저 생활인으로서의 가벼운 운동일 뿐이었다. 난생처음으로 '명확한 목적을 가진' 내 몸과 친해지기 위한 운동을 다짐했고 바디프로필 신청 댓글이 바로 그 시작이었다.

운동과 글쓰기. 둘 중에 하나만 뽑으라는 잔인한 질문은 사양하겠다. 스스로 대답을 찾기 어려운 질문은 멘토에게 하는 법이라 했던가? 《몸이 먼저다》와 《고수의 몸 이야기》의 저자 한근태 작가님께 이 곤란한 질문을 드렸을 때 속이 뻥 뚫리는 명쾌한 대답을 들을 수 있었다. 거두절미하고 '몸이 먼저다'라고 하신다. 건강과 체력 없이는 세상 어떤 일도 불가능하니 말이다. 이것저것 다 해 보고 도로 기본으로 돌아온 격이라 맥이 좀 빠지긴 하지만 사실이다. 체력을 갖춤으로써 할 수 있는 일은 세상에 무궁무진하다. 체력이 미비한 상태로 덤비는 모든 도전은 실의와 패배감에 젖는 이야기로 끝맺기 십상이다.

이 책을 통해 지금부터 40대의 평범한 여자가 어쩌다 운동을 시작해 바디프로필 촬영에 도전한 이야기를 풀어 보려고 한다.

내가 나를 두고 할 수 있는 최적의 실험은 '내가 운동하는 사람으로, 몸관리가 생활화된 사람으로 변화할 수 있는가?'라고 생각한다. 운동과 몸관리가 생활 속에 깊이 밴 사람의 삶과 아닌 사람의 삶은 다르다. 뒤따르는 나의 이야기가 이 모든 주장에 든든한 증거가 되어줄 것이다.

바디프로필,
그게 뭐예요?

나도 바디프로필을
찍을 수 있다고?

인스타그램에 #바디프로필을 검색하면 수많은 사진이 쏟아진다. 비키니와 언더웨어를 입고 굴곡 있는 몸매를 한껏 자랑하는 여자들, 상체를 드러낸 채 근육질의 구릿빛 몸매를 뽐내는 남자들. 바디프로필 촬영을 전문으로 하는 업체들도 셀 수 없을 만큼 많아졌다. 이젠 1인 1바디프로필 시대인가 하는 생각이 들 만큼 많은 사람이 몸 사진을 찍는 시대가 됐다.

그러나 여전히 많은 사람에게 바디프로필은 낯선 영역인 것 같다. 다이어트에 성공하더라도 제대로 된 사진으로 남겨볼 생각은 미처 하지 못한다. 또 몸매를 부각하는 파격적인 의상을 입고 카메라 앞에서 포즈를 취한다는 것이 나와는 상관없는, 연예인들의 전유물인 것 같아 망설이는 사람들도 있다.

  그러나 바디프로필은 특별한 사람들만 찍을 수 있는 것이 아니다. 내 몸을 사랑하는 사람이라면 누구나 도전할 수 있다. '나 따위가 무슨'이라는 생각에 머물러 있으면 계속 자신을 그 수준에서 바라보게 된다. 대단한 사진이 아니어도 된다. 나를 사랑하는 마음에서 내 몸이 가장 예쁜 순간을 만들고 그 순간을 기념사진으로 남겨본다는 마음이면 충분하다. '내가 무슨 연예인도 아닌데 그런 걸 찍어?'라고 생각한다면 틀렸다. 연예인은 몸을 관리해 줄 사람과 사진을 찍어줄 사람이 줄을 섰다. 하지만 내 사진은 내가 나서지 않으면 아무도 찍어주지 않기 때문에 내가 나에게 공을 들여야 한다.

  평범한 몸일지라도 그동안 최선을 다해 내가 나를 사랑한 흔적이 지나갔다면 어색한 포즈 속에서도 설명할 수 없는 자신감이 흘러넘친다. 그 자신감의 에너지가 보는 이와 나 자신을 감동하게 한다. 그게 꿈을 가진 일반인인 우리가 바디프로필을 찍는 이유라고 생각한다.

  게다가 중간에 포기한다 하더라도 아예 안 한 것보다

는 나아진 몸이 남지 않는가. 그야말로 잃을 게 없는 도전이다. 목표를 정해 매일 운동을 하고 결전의 그날 갖춰진 모양새 그대로 기념할 사진을 한 장 찍어두면 된다. 그 기념비적인 하루와 땀방울의 결실로 남은 몇 장의 사진을 바라보는 뿌듯함이 이후의 일상에 가져다주는 변화는 생각보다 크다.

유럽의 어느 나라는 국민의 20%가 작가라고 한다. 나는 이따금 부모가 작가로 연대하는 세상이 되면 모든 것이 다 바로잡힐 것이란 몽상을 한다. 모든 부모가 글을 쓰고, 운동하고, 각자의 이야기를 책으로 엮는다면 세상의 모든 문제가 해결되고 함께 조화롭게 사는 날이 올 것만 같다.

바디프로필 이야기를 하다 말고 무슨 뜬구름 잡는 소리냐고? 우습게 보일 수 있겠지만 내가 바디프로필을 준비하게 된 가장 근본적인 계기가 여기에 있다. 나는 부모 작가 연대 모임을 만들어 대한민국 부모의 30% 이상이 자신의 책을 쓰도록 돕고 싶다.

"야, 네가 인류를 구원이라도 하게?"

내 안에서 비웃는 소리가 들리면 나는 그렇다고 대답

한다. 아니 적어도 그 목적을 향해 노력하는 삶을 살고 싶다고.

꿈은 참 크고 원대했으나 현실은 그야말로 시궁창이었다. 나는 당장 쌓인 집안일과 육아에 동동거리고 있었다. 이상과 현실의 괴리 속에서 나는 참 오랜 시간 괴로웠다. 그렇게 괴로움이 한계에 도달할 때쯤, 괴로워만 하지 말고 당장 할 수 있는 것에 집중하자는 생각이 스쳤다. 내가 바꿀 수 있는 가장 즉각적인 것, 바로 내 몸이었다. 거짓말을 할 수도, 눈속임을 할 수도 없는 내 몸을 내가 완전하게 통제할 수 있어야 내 꿈에도 도달할 수 있을 것 같았다.

그렇다면 어떻게 가장 효과적으로 달라진 내 몸을 보여줄 수 있을까? 그렇게 나는 전혀 생각하지도 못했던 '바디프로필'이란 단어와 운명처럼 만났다. 그리고 이 만남의 신호를 무시하지 않고 집요하게 붙들었다. 마침내 100일간의 고군분투 끝에 원하는 성분으로 구성된 인바디 결과물과 사진 몇 장을 건져낼 수 있었다.

인생에 한 번쯤은
바디프로필

나는 상체가 길고 다리가 짧아 보이는 일명 '요롱이 체형'이다. 이런 체형에 평생 콤플렉스를 가지고 살았다. '다음 생에는 저기 저 여자들처럼 길고 얇은 핏의 청바지가 잘 어울리는 몸으로 태어나리라!' 속으로 얼마나 외쳤는지 모른다. 바디프로필을 준비하면서 나는 내 몸의 장점을 찾는 방법을 알게 되었다. 애정 어린 눈으로 내 몸을 샅샅이 훑어보면 예쁜 구석이 보인다. 내 몸의 장점을 잘 알게 되는 것이 바로 바디프로필을 준비하는 과정에서 얻게 되는 최고의 소득이다.

나에게는 네 아이가 스쳐 갔음에도 조금 운동하면 예쁘게 드러날 잠재된 복근이 있다. 둥근 어깨선과 적당히 탄력이 붙은 팔뚝으로 이어지는 상체라인이 비율적으로 허리라인과 예쁘게 떨어진다. 이런 내 몸의 장점을 알게 되자 이를 강조하는 스타일로 프로필을 찍기로 하고 그곳을 주력 운동 부위로 삼았다. 너무 운동이 하기 싫은 날은 복근 기본 운동인 윗몸일으키기라도 꼭 100개를 채우고 연신 거울을 보며 아주 작은 변화라도 찾아내려 노력했다. 그 만족감으로 운동의 명맥을 이어갔다. 그렇게 '복근과 허리라인'이라는 내 바디프로필의 포인트가 잡혔다. 그러고 나니 고민해야 할 선택지가 확 줄어들었다.

바디프로필 촬영에도 선택과 집중이 필요하다. 이를 잘하기 위해선 내가 내 몸을 탐구해서 잘 알아내야 한다. 장점을 극대화하고 단점을 보완하면 누구나 멋진 자신만의 바디프로필을 가질 수 있다.

내가 바디프로필을 권하는 진짜 이유는 따로 있다. 예쁜 사진은 부차적인 문제다. 바디프로필이라는 일련의 운동 프로세스로 한 번 정점을 찍은 몸은 그 후 조금 망가진다 해도 일단은 안전지대 위에 올라타게 된다. 내가 특별히 관리에 신경 쓰지 않아도 몸이 바로 선 지점을 한번 만나고 나면 몸관리 자동시스템에 들어가는 것이다. 오로지 내 몸을 위해 목표를 설정하고, 그 목표를 세상에 보여주는 일을 과감히 실행해 보기를 권한다.

사진 찍기 부끄럽다고? 그래봤자 나를 보는 세상은 아주 좁디좁다. 내가 좋아하는 옷을 입고, 내가 가장 마음에 들 내 모습을 찍으면 된다. 내가 아무리 파격적인 의상을 입고 사진을 찍어 인스타에 올려도 이것을 보는 사람들은 대한민국 인구의 0.01%도 안 될 것이다. 어떤 옷을 입고 어떻게 사진을 찍는가는 부차적인 문제다. 내가 이를 열렬히 권하는 이유는 그 과정에서 나와 내 몸이 친해질 수 있기 때문이다.

고난을 함께 이겨낸 친구는 평생 갈 끈끈한 무엇인가가 생기듯이 나와 내 몸도 사연이 엉킨 시간이 필요하다. 아니, 친구는 사이가 소원해지기도 하지만 내 몸은 숨이 붙어 있는 한 떨어질 수 없다. 내가 평생 데리고 살아야 하는 내 육신과의 진한 연애 시절이 있었는지 진지하게 되돌아볼 시간이다. 바디프로필은 어쩌면 나와 내 몸의 진한 우정 사진일지도 모르겠다.

'마감의 힘'으로 시작한
선지름 후수습 몸관리

나는 마감의 법칙을 중요하게 생각한다. 신문사 기자로 일할 때 배워서 지금까지 유용하게 써먹는 기술이다. 나는 글쓰기 모임을 운영하며 현재 아홉 기수째 새벽 글쓰기를 하고 있다. 30명에 가까운 글벗들이 매일 새벽 6시 30분이면 모두 한 편의 글을 제출한다. 프로그램을 만들고도 제일 많이 놀라는 건 나다. 매일 새벽 깨지는 것은 아닐지 늘 불안하지만 매일 어김없이 지켜지는 우리의 자랑, '올출석 문화'다. 글벗들 모두 직업이 있고, 아이들을 키우고 있으며, 새벽 모임인 것에 비해 인원도 적지 않다. 이 사람들이 매일 새벽마다 한 명의 이탈자도 없이 글을 써낸다.

어떻게 이것이 가능할까? 나는 바로 '마감의 법칙' 덕분이라고 생각한다. 사람들의 자유를 존중한답시고 '오늘 중으로만 제출하세요!'라고 하는 건 무책임한 리더다. 출근 전 모자라는 새벽 시간을 깨워 글을 쓰고 싶어 하는 사람들의 진심을 소중히 여긴다면 리더로서 시간 안에 한 편의 글을 발행할 수 있도록 도와야 한다. 그래서 나는 글쓰기에 정확한 데드라인을 정했다. 그러면 긴장이 생기고 반드시 일정을 맞추어야 한다는 책임감이 발휘되어 글을 완성할 확률이 높아진다.

대신 '선공지 법안'을 만들어 급한 일이 있을 경우에 미리 공지하면 오후까지 미뤄도 되는 방안을 마련했다. 데드라인을 정하고, 불가피한 상황에 대한 대안책까지 만들어두자 초반 글쓰기 마감률은 100퍼센트를 찍었다. 시간이 더 흐르자 이 올출석 신화가 자기 때문에 깨질까 봐 무조건 지키게 되는 문화가 모임 내에 자연스럽게 형성되었다.

몸관리에 이 마감의 법칙을 접목했다

다이어트가 어려운 결정적인 이유는 끝 지점, 즉 마감

이 보이지 않기 때문이다. 오늘 하루 운동한 것에 어떤 의미가 있을지 알 수 없고 언제까지 해야 한다는 뚜렷한 목표가 없이 운동을 지속하는 일은 힘들다.

"원래 일상에서 운동하는 습관이 있으셨던 거죠?"

바디프로필을 촬영한 후 주변에서 나를 보고 많이들 물었다.

그럴 리가. 바디프로필 준비 전의 나는 강제적인 시스템에 나를 집어넣지 않고는 절대 운동 독립을 할 수 없는 사람이었다. 꼭 센터나 기관에 돈을 내고 등록을 해두어야만 겨우겨우 멱살 잡히듯 힘겹게 운동을 하러 갈 수 있었다. 내고민의 시작은 그것이었다. '왜 나는 스스로 운동을 하지 않는가?' 내가 찾은 답은 바로 '마감'의 부재였다.

그렇기 때문에 바디프로필은 '마감의 법칙'을 활용한 아주 좋은 다이어트 방법이다. 바디프로필 날짜를 정해놓으면 그때까지 몸을 만들어야 한다는 목표가 생기게 되고, 미리 지불한 비싼 돈이 아까워서라도 눈물을 머금고 운동을 하게 된다.

바디프로필 촬영 비용은 천차만별이지만 비싼 곳은 50만 원이 넘어간다. 나는 '함다(함께하는 다이어트)'라는 바디프로필 준비 모임에서 단체로 진행해서 비교적 저렴한

가격으로 바디프로필을 찍을 수 있었지만 의지가 부족하다면 눈 딱 감고 비싼 돈을 질러보는 것도 결코 낭비가 아닐 테다. 인기 있는 스튜디오는 예약을 해도 대기 시간이 3~4개월이 넘어간다. 미리 질러놓고 마감을 향해 한 몸을 불사르기 딱 좋은 기간이다.

함다에서는 매일 할 운동량과 내가 먹는 식단을 함께하는 멤버들에게 전부 공개했다. 내가 무엇을 먹었고 오늘 하루 어떤 운동을 했는지 모두에게 가감 없이 보여주는 것이다. 이런 모임이 아니더라도 내가 나를 감시하고 철저한 경영자가 되면 좋은데, '의지는 쓰레기다'라는 격한 말처럼 사람의 의지는 너무나 나약하다. 나를 믿되 다 믿지 말자. 좋은 시스템과 루틴을 만들려고 노력하는 나를 믿자. 그렇게 나도 함다 모임에 나를 밀어 넣음으로써 바디프로필 촬영을 꿈꿀 수가 있었다.

우선 스스로 마감 날짜를 정하고 그날까지 목표를 위해 움직이자. 어느 정도 궤도에 올라섰을 때 쉬어가도 괜찮다. 이미 만들어진 운동 시스템 안에서의 쉼이기 때문이다. 그렇게 쉬어가다가 다시 이건 아니다 싶어지면 또 마감 날짜를 정해서 최선을 다하면 된다. 혼자가 힘들면 함께하면 된다. 나 같은 사람은 세상에 수없이 많다. 다행히 의지는 나만 약한 것이 아니다. 그곳에 희망이 있다. 내가 나에게 실망하는 포인트를 다른 사람들도 모두 가지고 있다. 하지만 현명한 선택을 할 줄 알고 그 안에서 실행을 꾸준히 할 수 있느냐 없느냐에 따라 성공과 실패가 갈리게 된다.

내 마음대로
바디프로필 로드맵

바디프로필을 준비하려면 주차별로, 일차별로, 단계별로 거쳐야 하는 일련의 과정이 있다. 그런데 누군가는 그런 과정 하나 없이 무작정 시작하기도 한다. 바로 내가 그랬다. 바디프로필이라는 목적을 정하고 운동을 하겠다고 선언은 했지만 나의 일상은 주차별, 단계별을 따져가며 운동할 수 있는 상황이 아니었다.

내 계획은 바로 닥치는 대로. 일단 53.5kg에서 시작했고 48kg이라는 확실한 몸무게 목표가 있었으니 5kg 이상의 몸무게를 덜어내야 했다. 몸무게를 덜어내는 방법은 누구나 알다시피 덜 먹고 많이 움직이는 것이다. 그런데 얼마나 움직여야 얼마만큼의 칼로리를 소모할 수 있다는 말인가? 뒤늦게 간편하게 앱에서 칼로리를 측정할 수 있다는 것을 알았지만 나는 먹은 것을 일일이 기록할 형편도, 성격도 못 되었다. 내 입에 음식이 들어갈 시간이 없을 만큼 일상이 정신없이 굴러갔다.

코로나 시국에 엄마들 사이에 생겨난 '돌밥'이라는 신조어가 있다.

돌면 밥하고 돌면 밥하고. 하루 세끼 아이들 밥상을 차리고 치우는 것으로 내 하루가 꽉 들어찼다. 그 와중에 이사도 해야 했고, 새벽마다 일어나 글을 써야 했고, 기획서를 뽑아 출판사에 투고도 해야 했고, 독서 모임이다 뭐다 벌여놓은 일들을 해내야 했다. 그런 와중에 시작한 바디프로필 모임이었다. 이런 상황에서 어떻게 체계적으로 식단 조절과 운동을 한단 말인가.

세상에 저절로 빠지는 살이란 없다

이런 내 상황을 보고 살이 절로 빠지겠다고 말하는 사람도 많았다. 그러나 부디 육아하는 엄마들에게 "살이 찔 시간도 없겠다"라는 말은 하지 말아주길. 다이어터라면 누구나 알지 않나? 살찔 시간은 충분히 있다는 것, 살이 저절로 빠지는 일 따위 나에게는 절대 일어나지 않는다는 것. 살이 저절로 빠지는 사람이면 이런 모임에 굳이 시간과 비용을 들여 가입할 이유가 없었을 것이다. 오히려 육아나 직장이라는 스트레스 상황은 살을 찌우기에 최적의 조건이다.

먹을 시간이 없다는 말은 노인이 오래 살고 싶지 않다고 하는 말보다 더 새빨간 거짓말이다. 일상에서 먹을 정신이 없다면 밤에라도 먹는다. 잠을 줄여서라도 먹는다. 나는 그렇게 먹는 것을 좋아하는 사람이다. 원숭이같이 날뛰는 하루를 겨우 마무리하고 나면 야식을 먹을 이유가 수백 가지는 떠오른다. '그래, 인생 뭐 있어!' 하고 홀로 야식을 잔뜩 먹어 치운다. 그렇게 먹고 나면 기분이라도 좋아야 하는데 뭔가 모를 찜찜한 마음이 든다. 그렇게 부른 배를 끌어안고 뒤척이다 잠이 안 오면 '나는 내 욕망에 충실했을 뿐이야'라고 스스로 위안한다. 전날의 일탈이 그날로 끝나면 좋으련만 다음날에도 부정적인 영향을 끼친다. 그렇게 먹고 잔 다음 날은 내가 그토록 소중하게 생각하는 인생의 하이라이트, 새벽 기상을 하기가 힘들다. 그러면 눈을 뜨자마자 화가 가득한 상태로 늦은 하루를 시작하게 되는 것이다.

식탐과의 전쟁

　일단 시간이 없다고 쫄쫄 굶다가 한 번에 엄청난 양을 해치우던 폭식을 절제했다. 간식도 끊었다. 그리고 제일 중요한 야식을 끊었다. 밤에 너무 배가 고파 잠이 안 올 때는 마카롱, 초코케이크, 몽쉘, 초코바…… 먹고 싶은 것들을 열심히 떠올리며 '아침에 눈 뜨자마자 먹어야지' 하고 생각했다.

　'그래! 딱 4시간만 눈 감았다 뜨면 커피 한 잔에 마카롱을 곁들여 맛있게 먹을 수 있어.'

　이렇게 주문을 걸며 잠을 청한다. 그런데 잠이 들기가 어렵지 한번 잠들고 나면 굳이 마카롱이 먹고 싶어서 일찍 일어나지는 않는다. 배고픔이라는 욕망이 사라진 자리에 수면욕이 한번 파고들면 그날 식탐과의 게임에서 승자가 된다.

　그렇게 잠이 들고 새벽에 눈을 뜨면 신기한 현상이 벌어진다. 어젯밤 마카롱 하나를 먹냐 마냐에 사활을 걸던 그 마음이 흔적 없이 사라진 것이다. 저게 뭐라고 그렇게 먹고 싶어 했던 건지 스스로 우스워 고개를 절레절레 젓는다. 마카롱이고 케이크고 세상 모든 산해진미가 이 시간에는 돌로 보인다. 이런 현상이 과학적으로도 어떤 이유가 있다고 들었다.

그런데 사실 나는 과학적 원리 같은 건 잘 모르겠고 그냥 내 몸이 그랬다. 이게 뭐라고 그렇게까지 했을까? 마카롱 하나에 그토록 의욕을 불태웠던 어젯밤의 내가 너무 동물적으로 느껴진다. 참 종잇장처럼 뒤집히기 쉬운 간사한 마음이다. 어느덧 나는 고고하고도 단출하게, 기분 좋은 새벽을 몸이 아닌 마음의 양식으로 채웠다. 그제야 커피 한 잔이 절실해진다. 아메리카노 한 잔을 마시고 가볍게 토스트 한 쪽과 샐러드를 아침으로 천천히 먹으면 포만감이 채워지면서 완벽한 아침이 된다.

이마저 당기지 않는 날도 있었다. '지금 배가 안 고픈데 왜 굳이 식사 시간이라는 이유만으로 먹어야 하는 거지?' 그럴 때면 최대한 공복을 유지하며 음식 들어가는 시간을 유예했다. 그러다 어떤 날은 오전 10시나 돼서야 뭐 좀 먹어야겠다는 생각이 들기도 한다. 그러면 이날은 공복 상태를 12시간 유지한 것이다. 어떤 날은 외출을 하고 오전 미팅을 해야 한다. 점심시간도 없이 일하고 집에 오니 오후 3시인 날도 있다. 그러면 이날은 오후 3시가 첫 끼다. 17시간 공복을 유지한 것이다. 싱글 시절부터 몸이 불어난다 싶을 때 가끔 실천해서 디톡스도 하고 급히 붙었던 군살들도 제거해 왔던 이 패턴을 '간헐적 단식'이라고 부르고 이미 많은 사람이 실천하고 있다는 것은 최근에나 돼서 알게 된 사실이다.

나는 그저 내 몸이 원하는 대로 했을 뿐인데 이것이 유명한 다이어트 방법이었다니. 나 같은 사람이 또 있었고, 이런 사례를 누군가가 통계를 내서 추려놓으면 그게 바로 다이어트 이론이 되는 것은 아닐까?

여기서 주의해야 할 점은 누군가가 간헐적 단식을 추천했다고 해서 무턱대고 바로 내 몸에 적용하면 안 된다는 것이다. 내 몸에 맞는 최적의 다이어트 방법은 그 누구도 아닌 내 몸과 의논해서 찾아야 한다. 살을 빼고 군더더기 없는 몸을 만들고 싶다면 제일 먼저 해야 할 일은 무작정 굶는 것도, 헬스장 3개월을 등록하는 것도, 다이어트 관련 책을 읽고 블로그나 인스타를 뒤지는 것도 아니다. 내 몸이 어떤 존재인지 알아가는 과정이 제일 중요하다. 내 몸이라고 해서 내가 당연히 잘 알고 있다는 생각에서 벗어나는 것, 이것이 나에게 맞는 몸 관리법을 찾아내는 첫 발걸음이다.

내 몸에 대한 궁금증을 해소하려면
인바디 체중계

함다 바디프로필 모임을 시작하면서 구비한 '인바디 체중계'는 목표 구체화하기를 실행하는 면에서 아주 유용했다. 눈바디만으로는 내 근육량이 얼마나 늘었는지 체지방이 얼마나 빠졌는지 알 수가 없다.

다이어트할 땐 숫자 하나하나에 집착하지 말고 눈에 보이는 '눈바디'에 집중하라는 말을 많이 들었다. 그러나 내 생각은 달랐다. 내 몸에 대한 궁금증을 그때그때 해소하지 않으면 곧 무지의 영역으로 들어간다. 무지의 영역인 회색지대에서는 불균형이 금방 일어난다. 평소 식단보다 많이 먹고, 운동을 3일 이상 쉬어도 특별히 눈에 보이는 변화가 없으면 무감각해질 수 있다.

바디프로필이라는 목표가 정해진 이후 나는 매일 인바디 체중계에 올라 변화를 측정했다. 작은 변화라도 관찰하니 겉으로는 보이는 변화가 없어도 조금씩 몸의 체질량이 변화하고 있다는 것을 알 수 있었다. 변화된 숫자가 오늘 하루 나를 운동하게 하는 원동력이 되었다.

실전!
바디프로필 준비

내 몸의 장점을 살려라
바디프로필의 꽃, 의상

"휴우." 컴퓨터 앞에서 검색하다 말고 한숨을 쉰다. 벌써 며칠째인지 모른다. '바디프로필 의상'으로 검색을 몇번 해보다가 이내 그만두기를 수차례 반복했다. 마치 섹시 경연대회를 방불케 하며 '내가 제일 섹시하지 않나요?' 하고 외치는 듯한 수많은 바디프로필 의상 가운데 내가입을 의상은 도저히 찾을 수 없었다.

대체 뭘 입어야 할까? 무엇을 입어야 멋져 보일지, 내가 진짜 입고 싶은 옷은 무엇인지 나 자신도 알 수 없었다. 가뜩이나 평범하지 않은, 특별한 날을 위한 튀는 의상들 속에서 혹시라도 잘못 골랐다가 우스꽝스러운 모양새가 되지 않을까 봐 걱정되었다.

그렇게 머리를 싸매고 끙끙 앓던 중 문득 밸리댄스가 떠올랐다. 밸리댄스 의상은 화려한 장식과 레이스로 둘러싸인 치마와 그보다 더 화려하고 반짝이는 브라탑으로 이루어져 있어 어깨라인과 허리와 복부를 돋보이게 한다. 밸리댄스는 내가 가장 재미있게 했던 운동이다. 막내를 낳고 운태기(운동 권태기)가 왔던 시절, 내가 밸리댄스에 심취한 것은 운동 그 자체보다는 아름다운 의상을 차려입은 내 모습에 도취되었기 때문인지도 모르겠다.

라인을 따라 움직이는 내 몸이 내 마음에 들어서, 예쁘게 차려입은 내 몸을 구경하는 재미에 그토록 열심히 운동을 할 수 있었던 시절을 떠올리고는 다시 검색에 들어갔다. '밸리댄스용 탑, 폴 댄스용 언더' 이 분야를 검색하다 보니, 내가 좋아했던 내 모습과 지금의 나를 겹쳐볼 수 있었고, 그토록 진전이 안 되던 의상 문제 해결에 한 걸음 나아갈 수 있었다.

장점은 부각하고 단점은 가릴 것. 내 몸에서 가장 아름다운 부분을 최대한 드러내는 것이 바디프로필의 목적이다. 결국 내 단점인 하체를 보완해 주고 내 장점인 복근을 드러낼 수 있는 옷을 찾아야 했다.

번뜩 내가 유독 좋아하던 옷 생각이 났다. 비키니 위에 입는 레이어드 용으로 소장하고 있었던 청 핫팬츠다. 11년 전 신혼여행 때 샀던 것인데, 누가 뭐라든 꾸준히 여름 물놀이 때마다 챙겨 다니고, 숙소에 와서는 늘 정성스레 손빨래를 해서 널어두던 옷이다. 내가 별로 비싸지도 않은 이 천쪼가리에 왜 이렇게 집착하는가 곰곰이 생각해 봤더니, 내 몸매의 기본값을 확 상승시켜 주는 아이템이라서 그랬던 것 같다. 나는 허리가 길고 엉덩이가 처진 스타일이라 뒤가 깎이듯이 올라붙은 바지를 입으면 뒤태의 단점이 보완되고 허리가 더 잘록해 보이며 복근이 더 두드러져 보이는 효과가 있다.

그렇게 나는 나의 최애템 청 핫팬츠에 검색 노동 끝에 찾아낸 전면꼬임 무늬 긴팔 블랙 탑을 메인 촬영 의상으로 선택했다. 두 번째는 위아래 완전한 언더웨어를 입고 어깨에 살짝 정장 수트를 걸친 시크한 콘셉트, 또 하나는 위에는 브라탑, 아래는 정장 바지를 입어 상체라인을 도드라지게 강조하고 머리는 발랄하게 묶어 올린 발랄 컷. 모두 내 몸의 장점과 취향을 파악하고 스스로 결정한 최선의 선택이었다.

기적의 메이크업으로
나를 더 돋보이게

바디프로필 준비에는 운동과 식단 관리 외에도 부수적으로 해야 할 일들이 많다. 팔다리의 털을 제거해 매끈하게 만드는 왁싱은 기본, 바디메이크업을 해서 가시적인 효과를 극대화하기도 한다. 어디까지나 아름다운 사진을 건지는 것이 바디프로필의 목적이기 때문이다.

하지만 나는 그저 있는 그대로의 내 몸을 사진에 담고 싶었다. 바디메이크업까지 해서 몸매를 보정해야 하는 사진보다는 '저거 보정 하나도 안 한 거야'라고 주변에 당당하게 자랑하고 싶은 마음도 있었고 나에게도 더 뿌듯한 추억이 될 것 같았다.

내 몸은 있는 그대로 보여주기로 결정한 대신 메이크업과 헤어에 신경을 쓰기로 했다. 함다에서 단체로 예약한 마포구에 소재한 101 메이크업 숍의 노련한 원장 선생님과 부원장 선생님이 몇 가지 콘셉트와 나에게 어울리는 색조를 제시해 주셨다.

프로필 촬영을 위한 메이크업을 받으면서 나는 내 피부는 차가운 색상보다는 따뜻한 색상이 잘 받는 톤이라는 것을 처음 알게 됐다. 전문가의 시선으로 내게 맞는 몇 가지를 추려 주니 나 같은 문외한도 쉽게 선택할 수 있었고, 품을 많이 들이지 않고 헤어와 메이크업을 원스톱으로 매끄럽게 진행할 수 있어 참 좋았다.

이렇게 전문가의 손을 통해 나를 꾸미는 일을 언제 마지막으로 했었던가? 내 세포막 하나하나를 정성 들여 물들이는 듯한 그 손길이 좋았고, 수동적으로 꾸밈을 당하는 기분이 참 안락했다. 눈을 감고 잠이 솔솔 올 정도로 기분 좋은 얼굴 붓질에 심취해 있을 무렵 들리는 소리, "자, 됐습니다. 눈 떠보세요."

거울을 본 내 첫 반응은 '세상에, 이게 누구야?' 마음속으로 좋아 어쩔 줄 몰랐고 내심 많이 놀라기도 했다. 이런 것이 기적의 메이크업이구나 싶을 정도로 만족스러웠다. 후줄근하던 피부톤은 연예인처럼 매끈매끈 빛이 났고, 크고 매력적인 눈망울을 반짝거리는 예쁜 여자가 거울 속에서 또렷하게 나를 바라보고 있었다.

'너 참 예쁘구나.' 진심에서 우러나와 나도 모르게 나 자신에게 말했다. 내가 꾸미면 이렇게까지 예뻐질 수 있는 사람이었다는 사실을 깨달았다는 것이 새삼스러웠다.

머리는 묶을까 풀까 고민을 많이 했다. 그러다 풀고 나서 묶을 수는 없지만 한번 묶은 머리는 다시 풀 수 있다는 부원장님의 조언에 격하게 동의하여, 두 가지 헤어스타일을 의상에 따라 적절히 안배했다. 그렇게 같은 옷을 입었더라도 헤어스타일의 변주로 색다른 느낌의 사진이 탄생했다.

현장의 생생함이 살아나야 사진이 잘 나온다. 그러려면 내가 그 현장을 즐겨야 한다. 그러니 내가 나를 잘 알고 의상 준비나 헤어, 메이크업을 나에게 맞게 준비해야 한다. 내가 가장 아름답고 돋보이려면 어떻게 꾸며야 하는지 명확하게 알고 그것에 맞춘 준비를 했을 때, 성공적인 바디프로필 촬영에 가까워진다.

바디프로필 촬영,
결전의 그날

드디어 바디프로필 촬영 날 아침이 밝았다. 입술이 바싹바싹 말랐다. 어제부터 물 한 모금도 마시지 못했다. 1대 1 코칭으로 바디프로필 준비를 끝까지 도와준 유나쌤이 몇 번이고 귀에 딱지가 앉도록 강조한 이야기다. 촬영 전날에는 36시간 전부터 아주 약간의 물만 허락되고 12시간 전부터는 단수가 필수란다. 몸에 수분을 빼면 촬영 당일 몸매에 불필요한 부분들이 일시적으로 뼈에 달라붙어 더 날씬해 보이고 몸매가 도드라지는 효과가 있다고 한다.

미리 세 가지 의상은 준비했지만 순서와 구상은 현장에서 즉석으로 정해야 했다. 뭐부터 시작해야 하나, 너무 부끄러운데 가장 많이 가린 옷을 먼저 입을까? 아니면 임팩트 있게 과감한 의상부터 찍어볼까? 그렇게 커튼으로 대충 가려진 0.25평도 안 되는 네모난 공간에서 세상 고독한 고민을 하는 나였다.

결국 나답게, 과감한 콘셉트로 시작하기로 했다. 군더더기 없는 깔끔한 블랙 언더웨어를 입고 어깨 위에 블랙 수트를 살짝 걸치고는 크게 심호흡을 했다.

두근거리며 촬영 무대로
발을 들이는 순간

부끄럽다. 지금 나갈까? 아이고 못하겠다. 휴우…… 마음을 가다듬고. 할 수 있어, 스텔라! 아니야, 아무래도 난 도저히 안 되겠어.

떨리는 다리로 한 발자국을 떼었다가 도로 뒤로 물렸다. '진정해. 너를 비웃을 사람은 아무도 없어. 자, 용기 내서 그냥 일단 나가는 거야.' 의상실 앞에 드리워진 커튼의 틈 사이로 빼꼼 얼굴을 디밀고 바깥 풍경을 재빠르게 훑어본다. 에라 모르겠다. 쳐다본다고 답이 있나, 망설임은 나를 더 힘들게만 할 뿐! 눈을 질끈 감고 커튼을 확 젖

히고 뚜벅뚜벅 무대 위로 나간다.

생각보다 뜨거운 조명, 생각보다 더 부끄러운 내 벗은 몸. 벗은 몸을 공개적으로 사람들이 구경하게 허락한 것이 언제였던가? 40년 전쯤 기저귀 찬 믹내딸의 재롱을 부모님이 보실 때나 그랬으려나? 난 어렸을 때부터 새침해서 재롱도 잘 안 부렸다던데. 짧은 순간 별별 생각이 다 스쳐 지나갔다.

뚜벅뚜벅 세 걸음쯤 걸어 나와 정면을 응시하며 숙였던 고개를 꼿꼿이 세웠다. 어깨에 걸친 재킷까지 휙 벗어 던지고 나니 카메라맨, 스타일리스트, 그리고 함께 바디 프로필을 준비한 멤버들이 일제히 광란의 환호성을 질러 주었다.

"와우!" "대박!" "말도 안 돼!"

멤버들의 환호성에 보답하듯 겨우 입꼬리를 올려 어색하게 웃어본다. 마치 연예인이라도 된 기분이었다. '내 몸매가 나쁘지는 않은가 보네?' 꾸밀 수 없는 감탄사의 합주를 듣자 어색했던 기분은 서서히 사라지고 자신감이 차올라 두 어깨가 한껏 치솟았다. 그러고는 당당히 고개를 들고 카메라를 응시했다.

'세상살이 별거 아니구먼. 지금부터 내가 하고 싶은 일

은 뭐든 다 할 수 있겠군. 세상아, 덤벼라! 너를 씹어 먹어 주겠어.'

지금 돌이켜보면 내가 뭔가에 취해 있었나 싶을 정도로 낯 뜨거운 생각이지만 그 순간만큼은 정말 그런 기분이 들었다. 내 발밑에 지구가 깔려 있는 기분(원래 깔려 있는데), 세상의 모든 슈퍼스타가 하나도 부럽지 않은 느낌, 온 우주가 나를 주목하는 듯한 시간이 시작됐다.

조금 어색해도 괜찮아

아무리 우쭐한 기분에 젖었다지만 바디프로필 촬영 현장은 긴장의 연속이다. 몇 컷 찍고 나면 어색함이 좀 풀릴까 기대했는데 여전히 어렵다. 그럴 때 이렇게 속으로 생각했다.

'내가 어때서? 좀 어색한 게 더 귀여울 수도 있지.'

스스로 다독이기 위해 뻔뻔하게 떠올린 생각이었지만 사실 꽤 그럴듯하다. 너무 완벽한 사진보다는 애쓴 노력의 흔적이 역력한 것이 일반인의 바디프로필이 가지는 매력 아닌가. 하지만 그렇게 노력한 게 아까워서라도 그저 그런 사진, 찍은 것에 의미를 두는 사진으로 남길 수는 없었다. 어색함 속에서도 '압도적인 한 방'은 있었으면 좋겠다고 생각했다.

긴 다리를 뽐내도 좋고 예쁜 얼굴과 목라인에 집중된 컷도 괜찮고 엉덩이라인에 자신 있다면 뒤태, 등 근육을 섹시하게 찍은 사진도 좋다. 내가 선택한 압도적인 한 방은 납작한 배와 11자 복근이었다.

함다 멤버인 컨셉리스트 오예스 님의 도움을 받아 함께 머리를 맞대고 정한 포즈들을 어색하게 하나씩 취해 보았다. 포즈는 바디프로필 촬영에서 매우 중요하다. 어떤 포즈를 취하는지에 따라 몸의 장점을 부각할 수도, 오히려 단점이 강조될 수도 있기 때문이다. 내 모습이 어떻게 찍힐지 모르기 때문에 어떤 포즈가 더 몸매를 예쁘게 부각시킬지 객관적인 시선으로 이를 잡아주는 이른바 '포즈 도우미'의 존재가 절실하다.

나의 장점인 복근을 강조하기 위해 팔을 늘어뜨리고 당당히 카메라를 정면으로 바라보며 섰다. 나의 메인 의상인 긴팔 블랙 탑은 가슴 가운데에 꼬임장식이 있고 명치끝으로 의상이 훅 올라와 있었다. 그래서 메인 노출 부위인 허리와 배라인의 11자 복근이 더 잘록하고 길어 보이는 효과를 준다. 그리고 긴팔이기에 속옷이 아니라 옷이라는 생각에 덜 부끄러웠다.

노출하기가 꺼려진다면 나에게 최적화된 노출을 찾아내면 된다. 반드시 노출해야 할 필요도 없다. 내가 평소 입고 싶었던 의상이나 촬영 콘셉트를 모아 두었다가 그것에 나를 맞춰 즐겁게 찍으면 그만이다. 어차피 그 사진을 제일 많이 볼 사람은 나다. 내 몸에 내 눈이 즐거울 만한 콘셉트로 즐겁게 촬영하면 된다. 이때 필요한 것은 준비된 나의 몸뿐이다.

사람을 울리는 몸

그렇게 한창 촬영에 몰두하는데 문득 이상한 시선이 느껴졌다. 환호세례가 쏟아지는 가운데 나를 가만히 바라보는 시선이 느껴져서 봤더니 이 모임을 이끌고 있는 리더 동생이었다. 가만 보니 코는 벌겋고 눈에 눈물이 그렁그렁해서 나를 바라보며 울먹이며 말하는 게 아닌가.

"언니, 정말 너무해요. 사람을 울리는 몸을 가지고 나타나다니."

내가 연예인도 아니고 전문 보디빌더도 아닌데 고작 소박하게 단련된 몸을 보고 울 이유가 무엇이었을까? 함다는 고단한 삶의 현장에서 저마다의 먹고사니즘을 해결하느라 바쁜 와중에도 자신을 위한 무언가에 도전하겠다며 머리를 맞댄 사람들의 모임이었다. 바디프로필이라는 공통의 목표를 세우고, 매일같이 운동하고, 식단을 찍어 공유하며 목표를 향해 악착같이 달려왔던 지난 100일간의 시간이 내 배 위에 겸손하게 그어진 두 줄의 고랑 안에 고스란히 녹아 있었다.

사연을 모르는 사람이라면 갑작스레 터진 눈물에 의아했겠지만 100일간의 여정을 함께한 우리는 서로가 얼마나 노력했는지 너무나도 잘 알고 있었다. 이렇게 사연 있는 몸이 카메라 앞에 드러난 순간 그녀의 마음속에 있는 무언가를 건드린 것은 아닐까 짐작할 따름이다.

그런 그녀를 보고 나도 코끝이 찡해지는 것을 억지로 참으며 포즈를 계속 취했다. 세상을 다 가진 것만 같이 한없이 우쭐해지던 순간, 동시에 울컥해서 차오르는 눈물을 참아야 했던 이상한 경험이었다.

바디프로필은 끝났지만,
이제 시작된 인생 프로필

그렇게 8월 말, 꽃피는 5월에 시작한 바디프로필의 대장정은 끝을 맺었다.

키 162cm, 몸무게 48kg, 근육량 23.5kg, 지방량 6.1kg. 촬영 당시 내 몸의 스펙이다.

예쁜 어깨라인과 11자 복근이 새겨진, 나름 완성도를 갖춘 몸이었다. 가열찬 100일 동안 바디프로필에 대해 집중적으로 찾아보거나 깊이 공부할 틈은 없었다. 그저 글을 쓰고, 아이들 키우는 일상을 살며 시간이 날 때마다 짬짬이 운동했을 뿐이다. 그러니 내 결과물이 어느 정도의 성과인지 아직도 모른다. 가끔 보는 사람들이나 PT 코치가 '이 정도면 선수급이다'라고 칭찬해 주니, 그런가 보다 하는 정도다.

그날의 영광은 그날 끝났다. 그리고 사진도 사실 맘껏 자랑하지 못했다. 나와 함다 멤버들은 그저 인생을 열심히 살고자 하는 도구로서 '몸관리'를 선택한 사람들이었다. 전문적인 기술진을 두고 촬영하지도 않았기에 대놓고 자랑할 고품격의 사진을 얻은 것도 아니다. 촬영장 스튜디오만 대여했고 취미로 활동 중인 사진작가님의 재능 기부로 촬영이 진행되었으니 우리는 말 그대로 기획, 촬영, 세팅, 보정, 현장을 모두 책임지면서 모델까지 하는 전천후 팀이었다.

우리에겐 이야기가 중요했다

나 이외에도 바디프로필 촬영이라는 목적을 가지고 모인 모든 멤버는 자신에 대한 확신이 필요한 사람들이었다. 삶을 잘 꾸려나가기 위해서는 그 바탕에 체력이 있어야 한다는 것에 뜻을 같이한 사람들이었다. 우리가 원했던 것은 그저 근사한 몸 사진 한 장이 아니었다. 무언가를 해냈다는 성취감, 앞으로도 할 수 있다는 자신감, 혼자가 아니라는 믿음이었다. 울고 웃는 진짜 이야기들을 나누고 그 끝맺음을 모두 함께하고 싶었다. 하기 싫은 운동도 기꺼이 하면서 지친 멤버를 끌어올려 주고 때론 서로에게 에너지를 받으며 함께한 석 달 반의 시간은 그 무엇과도 바꿀 수 없는 값진 추억이 되었다.

신기하게도 마지막 날 맞닥뜨린 감정은 후련함보다 아쉬움이었다. 운동과 식단 조절이 힘들 때마다 촬영만 끝나면 다시는 헬스장을 향해서는 물도 안 마실 거라고 이를 갈았다. 그렇게 기다리고 기다렸던 그 날을 마침내 맞이했는데 무엇에 홀렸는지 우리는 다시 운동 약속을 잡았다.

긴 인생에서 보면 길지 않은 100일이다. 그리고 지나고 나니 별거 아니었는데 너무 소란스러웠나 싶기도 한 100일이다. 하지만 내 인생을 통틀어 그때만큼 짙은 농도로 채워진 시간이 또 없다. 이미 과거가 된 시간이지만 그 기억에 나를 데려다 놓으면 내 몸은 활화산이 된 것처럼 다시 끓어오른다. 진정한 자기애의 끝판왕, 체험 삶의 현장이었다. 식단 조절이 힘들 때마다 나는 그때의 내 열정과 에너지를 떠올린다.

집에서 나만 쳐다보고 있는 네 아이를 돌보다가 늘 운

동 시간에 늦어 뛰어다녔던, 내 인생에 가장 치열하고도 아름다운 일상의 기억이 스쳐 지나간다. 어떤 날은 늦어서 지하철역까지 뛰어가는데 어찌나 운동 놓치는 시간이 아까운지 간절한 마음으로 뛰다 보니 마을버스보다 더 빠르게 지하철역 입구에 도착한 적도 있었다.

나도 내가 놀라워서 "저 버스보다 빠른 여자랍니다" 하며 단톡방에 땀 범벅된 모습으로 인증 사진을 올렸더니 멤버들은 '헉, 이 무서운 언니…… 후덜덜' 하고 호들갑을 떨며 응원해 주었다. 그 응원에 흥이 나 콧노래를 부르며 운동을 다녀오면 배고픔도 잊혔다. 안 먹어도 배부르다는 말은 이렇게 나에게 만족할 때도 찰떡같이 어울리는 말이라는 걸 깨달았다.

하지만 이렇게 기쁜 순간보다 힘든 날이 더 많았던 것도 사실이다. 힘을 내려고 해도 도저히 힘을 낼 수 없는 고단함이 몰려올 때마다 '이 짓을 왜 시작해서……' 하며 끝날 날이 오기만을 기다리며 버텨낸 시간도 있었다. 그런데 신기하게도 막상 촬영이 끝나자마자 바로 지난 100일이 그리워지는 것이다. 더 신기한 건 나만 그런 게 아니라는 사실이었다. 9명의 멤버 모두 한 마음이었는지 바디프로필 촬영이 끝난 뒤풀이 자리에서 바디프로필 2차

100일을 또 도전한다고 선언해 버렸다. 정말 이성이 있는 인간이 했다고는 믿을 수 없는 결정이었다. 마라톤의 결승점에 들어오자마자 다음 마라톤을 기약하는 말도 안 되는 결정을 하는 나, 그리고 우리였다. 그리고 이 믿을 수 없는 힘은 체력을 키우며 쌓인 정신적 내공에서 나왔다.

제 2 장

어쩌다가 내 몸이

나의 몸에 대지진을 일으킨
그 이름, 출산

나는 소싯적부터 친구들 사이에서 말하는 재수 없는 몸의 소유자였다. 먹는 것에 비해 살이 안 찌는 체질이라 친한 친구들은 농담 삼아 나를 재수 없다고 말하곤 했었다. 똑같이 먹었는데 누구는 먹는 족족 살로 가고 누구는 먹은 게 어디로 갔는지도 모르게 살과 연결이 안 되니 친구들 입장에서는 부럽고 얄미웠을 것이다. 친구들의 이런 원성조차 감사하게 들어야 했음을 첫 출산을 해 보고 바로 깨닫게 됐다.

스무 살 이후 늘 40kg 후반에서 50kg 초반 사이의 몸무게를 유지하던 나는 임신과 동시에 급격하게 50kg 후반을 향해 달려 나갔다. 인생 처음 있는 일이었다. 임신

중반기를 넘어 후반으로 가자 60kg을 가볍게 넘더니 어느덧 평생 내 체중계에 있을 숫자라고 상상도 못 해 본 앞자리 7을 향해 맹렬하게 달리고 있었다.

한 생명을 몸에 품고 있다는 것은 희한한 안도감을 준다. 습관적으로 몸무게 유지에 신경 써오던 생활을 집어던지고 마음껏 먹어도 되는 식욕 자유이용권을 넙죽 받아 들었다. 이 이용권이 진짜 천국의 문인지 지옥으로 가는 길에 잠시 머무는 천국 코스프레하는 곳인지는 모르겠고! 일단 이 이용권을 들고 신나게 먹고 자고 놀던 시절이었다. 조금 일찍 출산에 관해 공부해 두었으면 좋았으련만 '아이를 낳는 행위는 본능이라 닥치면 다 알아서 하게 된다'는 어른들의 지론 속에 나를 풀어두고 마음대로 살았다. 지금 생각하면 땅을 치고 후회할 일이다.

그렇게 속절없이 빠른 속도로 나는 완전히 다른 몸을 가진 사람이 되었다. 임신 중에는 누구나 이럴 거라며 마음 편히 생각했다. 아니 솔직히 그런 생각을 할 여력도 없었다. 나는 정말 대책이 없었고 무지한 엄마였다.

내 출산은 갖은 우여곡절 끝에 간신히 이루어졌다. 30시간 내내 옆에서 손잡아준 남편의 정성과 '잘 될 것이다'

라는 맹목적인 믿음과 나를 담당했던 의사 선생님의 눈빛 하나에 기대어서 겨우 버틴 시간이었다. 시키는 대로 호흡을 했고 힘을 주라는 지점을 기억했다가 열심히 힘을 주었다. 정말 잘하고 싶었기에, 내가 가진 최선을 다했다. 더디지만 아이도 나오려고 노력하고 있었고 끝까지 자연분만을 위해 최선의 노력을 다하고 있던 그때, 주사를 새로 놓을 때마다 나와 남편의 의견을 묻던 의료진들은 돌연 태도를 바꿨다. 이제 그만 수술을 하자는 강경한 자세로 나를 설득했다. 나는 완강히 거부했다. '나는 괜찮으니까 마지막 한 번만 더 해 보자고, 생각보다 내 몸은 매우 튼튼하다'고 면접관 앞에 선 신입사원 인터뷰처럼 나를 어필했다. 어떤 마음인지 세세하게 떠올리기는 힘들지만 이대로 수술로 넘어가고 싶지 않았다. 아이에게 시작점부터 포기를 가르치는 엄마가 되고 싶지 않다는 과대망상이었을까? 나는 단단한 고집이란 패를 들고 수술을 거부했다.

그러나 30시간의 진통 끝에도 4cm 이상 자궁문이 열리지 않았고 수술로 전환해야 했다. 나는 '출산계의 워스트 케이스'였다. 결국 태어나 처음으로 몸에 칼을 대는 경험을 했다.

아이를 낳으면 어떤 기분일까?

아이를 품은 10달 동안 수도 없이 상상했다. 엄마라면 누구나 있다는 모성 본능이 나에게도 자연스럽게 찾아오리라 기대했다. 혹시 나에게 잠재된 모성 본능이 다른 엄마들보다 더 많아서 아이를 기똥차게 잘 키우는 거 아닐까? 그것은 아주 커다란 착각이자 혼쭐나고도 남을 현실판 불지옥 판타지였다.

감동의 출산을 했으니 아이를 잘 키웠겠다고? 그런 오해는 당장 접어 주머니 속에 다 넣어 달라. 세상에서 가장 큰 아픔을 겪었다고 생각한 그날 이후 진짜 문제는 출산 이후라는 것을 고통스럽게 알아가는 순간이 지속됐다.

나는 커다란 짜증 덩어리가 되었다. 산모와 짜증 덩어리, 어울리지 않아 보이는 이 단어를 매칭하는 일을 나는 한 치도 게을리하지 않았다. 모유 수유는 미디어에서 표현된 것과 달리 하나도 아름답지 못했고, 오만상을 다 찌푸릴 만큼 하기 싫었다. 유축이나 젖몸살같이 출산에 딸려오는 부수적인 일들을 겪고 있자면 내가 사람이 아닌 짐승이 된 것처럼 느껴졌다. 사람의 몸에서 사람이 나오는 일이 경이롭고 아름답다고 어떤 개뼈다귀가 얘기했는가? 나는 매일 젖을 짜면서 수없이 바닥을 치는 민망함과 당혹스러움을 마주해야 했다. 아무리 해도 도무지 익숙해지지 않았다. 그리고 젖을 물 줄 모르는 아이와 낳기만 했지 아직 엄마가 될 준비가 되지 않은 나. 이 둘의 실랑이 끝에 유두 균열이 생겼고 나는 배고프다고 우는 신생아에게 버럭 화를 냈다.

"나도 아파 죽겠어. 어쩌라고!" 남편은 우는 어린애를 안고 이러지도 저러지도 못하고 내 눈치만 보았다.

게다가 선천적으로 모자란 젖 때문에 모유촉진 차, 우족탕 등 코를 막아도 먹기 힘든 액체를 벌컥벌컥 들이켜야 한다는 어른들의 지령을 받았다. 이렇게 내가 엄마로서 자질이 부족하다 느낄 때마다 반성보다는 화가 치밀어 올랐다. 왜? 왜 내가 다 맞춰야 하는데? 애 낳은 게 죄인가? 그럼 나는 누가 돌봐주는데?

이게 바로 산후우울증인가? 결국 난 이 정도밖에 안 되는 엄마인가? 모성은 여자의 생물학적인 능력이라는데 나는 아이에게 젖 하나 제대로 못 물리고는 아이에게 화를 내는 무능력하고도 못난 엄마구나. 별별 생각에 자괴감과 죄책감이 밀려왔다.

왜 다들 아이 얘기만 하냐고!

말 그대로 '철없는 애가 애를 낳은 격'이었다. 그러던 어느 날 내 화의 심연을 가만히 들여다볼 기회가 생겼다. 거울 속 내 모습을 본 것이다. 왜 나는 이렇게 한없이 짜증이 나고 우울한 걸까? 유두 균열의 쓰라린 고통보다, 남편이 괜스레 미운 마음보다 근본적인 이유가 있었다. 바로 생전 처음 보는 변해버린 나의 몸이었다. 내 몸이 이토록 직면하기 어려운 대상인 적이 없었다.

중학교 시절 첫 생리 이후로 늘 ±3kg을 오가며 40kg 후반의 몸을 유지하고 살던 나로서는 거울에 비친 육덕진 이 모습이 정말 나라는 것을 결코 인정할 수 없었다. 턱이 사라진 텁텁한 얼굴, 앞으로 평생 반팔은 다 입었구나 싶을 만큼 다리 굵기가 되어 버린 팔뚝, 생전 처음 보는 그 모습을 여실히 마주하고 침대에 누워 눈을 끔뻑거리며 가만히 생각했다. 나의 현주소를 인정할 수 없고 꼴보기가 싫은 이유는 모성의 부재가 아니었다. 내 마음이 뻗어갈 수 없었던 원인이 다른 게 아니라 변해가는 내 몸이었다는 깨달음이 전광석화처럼 나를 후려쳤다. 이날의 깨달음은 두세 번 그리고 네 번째까지 출산을 경험해 보고 나니 더욱 확고해졌다.

세상 모든 엄마가 출산이라는 대단한 일을 해낸다. 그러나 임신과 출산, 그리고 아이와 알아가는 일은 누구나 할 수 있는 쉬운 일이 아니다. 저절로 되는 것도 아니다. 현명한 엄마는 빨리 겪고 어리숙한 엄마는 더 오래 걸리는 문제도 아니다.

세상은 임신한 여자들에게 인격을 내려놓고 오직 아이를 품은 어미로서만 존재하기를 요구한다. 하지만 나에게는 내 몸을 자세히 들여다보고 사랑해 주어야 할 내 몸에 대한 의무가 있다.

모든 엄마의 몸 위로 날카로운 출산의 흔적이 지나간다. 너무 쉽게 '누구나 하는데 유난은' 하며 넘겨버리는 것에서 산후우울증이 시작되는 것이 아닐까? 단 3~4kg만 쪄도 우울해지기 쉬운데, 10kg에서 많게는 20kg가 넘는 몸무게의 증가와 그에 따른 신체의 변화를 '임신했으니 당연한 일'로 넘겨버리는 그 지점을 확대경으로 크게, 그리고 정확히 들여다보아야 한다.

변해버린 몸에 대한 괴리감은 그 낙차의 곱절만큼 큰 괴로움이 된다. 나는 첫 아이를 낳고도 한참 동안 거울을 보기 싫어했다. 내 모습을 보는 것이 싫었기 때문에 나에게는 아이와 함께 찍은 사진이 별로 없다. 그 경험을 반면 교사 삼아 둘째부터는 임신하자마자 몸관리를 하기 시작했다. 임신부의 몸관리라는 영역이 이토록 책도 많고 정보가 많은 영역인지 처음 알았다. 그리고 첫 아이 때 얼마나 사전정보와 준비 없이 무식하고도 깜깜한 임신 기간을 보냈는지 알게 됐다. 첫 아이 임신 때 +16kg을 찍었다. 심한 경우 20kg 이상 불어난 사람들도 워낙 흔해서 16kg이 별거냐고 하겠지만 초등학생 골반을 가진 나로서 치골이 당기고 허리가 무너지는 고통과 함께 보낸 만삭 시기는 그야말로 최악의 태교가 아니었을까 싶다.

두 번째 화살을 맞지 않겠다는 각오로 나의 몸에 맞는 임신 기간 목표 체중을 정하고 월별 목표를 세웠다. 매일 아침 체중계에 올라가고 목표치와 조율하면서 그날의 식단과 걷기 운동을 실천했다. 그렇게 둘째는 막달 몸무게 +10kg의 기록으로 낳았다. 위험하다는 브이백(Vaginal Birth After Cesarean section 제왕절개 후 다시 자연분만으로 아이를 낳는 것)을 성공하고 나니 셋째는 더 욕심이 생겼다. 오호라. 첫째 둘째 때 제대로 못 했던 산후조리를 다 해버릴 요량으로 임신 기간에 운동과 식단 조절을 타이트하게 했다. 앞선 두 번의 경험이 나를 너무나 대담하게 만들어 버린 것일까? 아이를 낳기 직전 나는 딱 6kg만 늘어 있었고, 그 상태로 출산을 했다. 그랬더니 아이만 쑥 빠져 나오고 나는 몸관리라고 할 것도 없이 산후조리원 1주 만에 부종 빼기와 남은 몸 정돈을 속전속결로 끝냈다. 결혼하기 전 몸무게인 49kg의 날씬한 몸매로 돌아온 것이다. 이 세 아이의 무차별 출산 공격에도 굴하지 않고 나의 몸을 그대로 지켰다는 그 기분은 엄마가 된 기분 못지않게 짜릿했다.

체력은 하드코어
육아의 원천

어떻게 연연연생 네 아이를 키웠냐는 질문에 대한 답으로 나는 망설임 없이 체력을 꼽는다. 그만큼 체력은 내가 끝까지 무너지지 않고 모든 것을 견뎌낸 최고의 자부심이었다. 말도 못 할 고생을 했고 다시 상상도 하기 싫은 긴 육아 암흑기를 겪었지만, 줄줄이 낳은 아이들이 내 몸을 크게 변화시키지 못했다는 사실만으로 나에겐 이긴 게임이었다. 나는 여전히 그대로라는 안도감이 이렇게 육아에 큰 힘이 된다는 건 첫 아이를 낳고 겪은 산후우울증 덕에 깨달았다. 한 아이와 네 아이를 키우는 것은 천지 차이지만 오히려 나의 멘탈은 가벼운 몸으로 네 아이를 키워냈던 그 시절이 더 아름답고 나다웠다.

첫째 때와 유일하게 다른 점은 내가 만족하는 몸을 만들어 놓고 엄마가 됐다는 것뿐이었다. 주변의 칭찬은 그 시절 내게 가장 필요한 인정의 기본값을 채우는 도구로써 꽤 중요했다. 당시 나는 엄마로만 살아가느라 세상과 보이지 않는 막으로 단절되어 있었고, 그래서 더더욱 세상의 인정이 필요했다. 나는 내 몸을 미끼로 던져두고 사람들의 칭찬을 낚았고, 이는 실제로 내 삶의 윤활유가 되어주었다.

산다기보다는 하루하루 겨우 버틴다는 말이 더 어울렸던 시절, 우습지만 나는 내가 초라해 보일 때마다 한껏 차려입고 아이들과 함께 동네를 거닐었다. 먼저 2인용 유모차에 큰아이와 둘째 아이를 차례로 앉힌다. 셋째는 유모차 손잡이 위에 앉히고 안심이 안 되어 한쪽 팔로 유모차를 밀기 시작한다. 등 뒤로 축축한 것은 땀인지 이제 막 잠이 든 막내의 침인지 알 길이 없다. 이렇게 준비는 마쳤지만 달리 갈 곳도 없다. 인터넷으로 주문해도 되건만 굳이 분유 한

통을 산다는 구실로 아이들 네 명의 준비를 마다하지 않고 밖으로 나섰다. 그러면 어김없이 시선이 느껴진다.

어린아이 네 명을 주렁주렁 달고 있는 진풍경을 보면 그중 용감한 할머니들은 반드시 말을 건네 오신다.

"다 한 집 애유?" "네." 그 뒤로 이어지는 말은 대략 패턴이 비슷했다. "연연연생이라고? 막내는? 어이쿠 대단하네, 그런데 어찌 그렇게 몸매가 아가씨 같수? 혼자 다니면 완전히 아가씨로 보이것네그려." "애들 쫓아다니느라 밥 먹을 시간도 없는갑재?" "하하…… 네."

가끔 부담스러울 때도 있지만 마음속 깊이 관종의 피가 흐르는 나는 실은 이 관심을 즐긴다. 그리고 가끔 속닥거리시면서 궁금해만 하며 차마 묻지는 못하고 말을 오물거리고 있는 사람에게는 큰 목소리로 친절하게 이야기도 해드린다.

"맞아요. 이 아이들 다 한 집 애들 맞다고요! 참, 저는 이 아이들의 엄마랍니다."

할머니와 헤어져 마트로 향하는 발걸음이 가볍다. "나는 너희 다 떼놓고 나가면 아가씨 소리도 듣는 사람이라고!" 이 유치한 자신감이 내가 육아 불지옥을 버텨내는 유일한 힘이었다.

운동을 안 하고
건강한 사람도 있다던데요

어느 날부터인가 어깨가 안 올라가기 시작했다. 처음 하루 이틀은 옆으로 누워서 자면서 어딘가 배겼나 보다 하고 대수롭지 않게 넘겼다. 그런데 점점 팔의 움직임에 제약이 온다. 편하게 입던 외투를 걸칠 때도 꼭 악 소리가 나왔고 두 팔을 하늘 높이 드는 그 흔한 풋 유얼 핸즈 업 자세가 이토록 어려운 줄 생전 처음 알았다. 바디프로필 정점을 찍고 나서 유지어터 차원으로 다니고 있던 집 앞 필라테스 학원에 가서 이 고통을 호소했다. "설마 오십견은 아니죠?" 하는 나의 물음에 "그럴 수도 있을 것 같은데요"라고 대답하는 강사 선생님이 얼마나 얄밉던지. 그 미운 입이 한마디 더 거든다. "운동을 그냥 무식하게 하면 안 하는 사람들보다 더 몸이 안 좋아지기도 해요. 우리 몸은 유기적이고 상호보완적인데 한 부위의 근력만 키우려고 무리한다거나 부분 운동을 격하게 하면 나머지 근육이 그 근육과의 균형을 잃은 채로 퇴화하기도 하고 균형을 재건하는 데 에너지를 모두 소진하거든요."

그렇다. 나는 사실 바람직한 다이어터는 아니었다. 일단 잘 챙겨 먹는 편이 아니었고, 운동에 대한 전반적인 이해가 없는 상태로 무작스럽게 무거운 중량을 들었고, 시간이 아깝다며 밀어붙이는 탓에 운동 동선은 늘 과도했다. 다행히 어떤 음식을 먹어도 잘 소화하고 어떤 운동을 해도 근력으로 치환이 잘 되는 편이라 몸은 그럴싸하게 만들어졌다. 그런데 균형까지는 신경 쓰지 못했던 터라 운동을 열정적으로 하던 시절에 비해 근력이 떨어지니 그 안의 코어 근육이 한계를 드러낸 것이다.

운동은 인생의 기본값

그러면 어설프게 할 바엔 차라리 운동을 안 하는 게 나을까? 절대 그렇지 않다. 어찌 됐건 운동은 인생의 기본값이다. 최선은 내 몸과 운동의 메커니즘을 잘 이해하고 건강하게 운동하는 것이고, 차선은 운동법을 잘 모르더라도 운동의 필요성을 인지하고 실천하는 것이다. 최악이 운동의 필요성조차 느끼지 못하고 사는 것이다. 최선은 못 하더라도 최악은 되지 말자. 법륜 스님이 최선과 최악 사이엔 차선도 있고 차악도 있다 하셨다. 잘하진 못해도 운동에 방점을 두고 사는 사람은 그렇지 않은 사람과 인생에 대한 태도부터 다르다. 운동에 열정을 불태울 수 있는 사람은 삶을 열심히 살아야 하는 이유 역시 알기 때문이다.

세상은 꾀를 부리는 자에게 너그럽지 않다. 약게 굴면 당장은 이익을 보는 것 같지만 멀리 보았을 때는 손해로 끝나는 일이 많다. 하물며 눈에 보이는 내 몸을 두고는 당연한 결과다. 이게 몸에 좋은지 안 좋은지를 연구하고 재는 시간에도 우리 몸은 하루하루 늙어가고 쓰지 않는 근육은 퇴화하고 있다. 늘 부지런히 걷고, 신호등을 기다리면서 사이드 킥을 하고, 버스 대신 자전거를 선택하고, 조금이라도 내 몸을 더 움직여 다른 이를 편하게 하려는 자에게 체력은 지상 최고의 선물이 되어 나에게 돌아온다.

팔이 안 움직이는 증상이 두 달 가까이 지속되자 결국

남편 손에 이끌려 찾아간 병원에서 스테로이드 주사를 맞고서야 오십견을 해결할 수 있었다. 그런데 여기서 위에 했던 오해마저 풀렸다. 내 오십견은 운동을 잘못해서가 아니라, 잘못된 자세로 글을 너무 오래 써서 온 병일 가능성이 크다는 것이다. 아! 죄 없는 운동, 너를 하마터면 오해할 뻔했구나. 미안하다.

운동도 육아도 아닌 글을 너무 많이 써서 온 병이라고 하니 오십견이 조금은 덜 미워 보인다. 내 손으로 옷도 못 입는 바보로 살았던 경험이 꽤 쓰라렸을까, 요즘 글 쓰는 자세가 많이 개선되고 있다. 방금도 허리를 한번 쭉 들어 올리고 턱을 탁 당기는 자세를 다시 잡아봤다.

나를 사랑하는 가장 빠른 방법, 운동

바디프로필을 위해 운동하면서 인바디를 잴 때마다 조금씩 줄어드는 체지방과 늘어가는 근육은 그 무엇과도 견줄 수 없는 환희를 선사했다. 나날이 늘고 있는 내 근육은 앞으로 내가 무엇이든 도전하면 이룰 수 있는 사람임을 나타내는 지표처럼 느껴진다. 조금씩 줄어드는 체지방량은 내 몸에 딱 필요한 것만 남기고 모두 덜어낼 수 있는 평생의 지향점 '미니멀리스트'로서의 삶에 한 걸음 가까워졌다는 희망을 준다. 나는 운동하면서 돈을 많이 들이지 않는 편인데, 앞서 말했다시피 집에 반드시 인바디 체중계는 하나씩 구비해 둘 것을 권한다. 처음에는 비싼 줄 알고 쳐다도 안 봤었는데 몇만 원이면 살 수 있고 성능도 쓸 만하다. 내 전체 중량보다 내 중량이 무엇으로 구성되었는지 알려주는 도구가 필요하니 말이다.

굳이 과하게 돈을 들일 필요는 없지만 나를 위한 투자에 인색하지 않은 태도는 중요하다. 특히 운동은 나를 사랑하는 가장 즉각적인 방법이다. 하루하루 달라지는 내 인바디 측정값을 보며 운동에 대해 동기를 부여받고 성취감을 느낄 수 있었다.

누구도 아닌
나를 위한 운동

　내가 육아의 수렁에서 유독 오래 머문 것은 그저 아이의 수가 많아서는 아니다. 나는 나를 돌보는 방법을 몰랐다. 아무거나 먹고 아무렇게나 힘든 몸을 방치하는 동안 나는 처절하게 고통스러웠다. 그 시절에도 꾸준하게 운동하고 몸을 움직이려고 노력은 했으나, 그것은 본질을 모르는 몸부림에 불과했다. 운동을 하며 몸과 대화를 한다는 그 세계 자체를 이해하지 못했으니까. 내가 지금 배가 고프지는 않은지, 어디 불편하지는 않은지, 잠이 부족한 건지 등등 내 몸이 하는 소리에 귀를 기울이고 그 소리에 맞춘 리듬에 내 몸을 실었어야 했지만 그러지 못했다.

　그러나 바디프로필을 준비하면서 내 몸과 나는 서로

같지만 다른 존재라는 것을 인식하게 됐다. 내 몸이니 내가 함부로 대하면 몸도 내 마음을 존중해 주지 않는다. 일단 몸과 자주 대화를 해 보자. 말로 해도 좋고 말로 자꾸 하면 정신 나간 사람처럼 보이기 쉬우니 글로 써도 좋다.

"너는 나한테 너무나 소중한 존재이기 때문에 예뻐해 주고 싶어. 그래서 사진을 찍어 남겨두고 싶어서 운동을 시작했고 서로 도와가면서 잘했으면 좋겠어. 왜냐면 나는 누구보다 너를 아끼고 사랑하니까."

답은 내 몸에 있다

아이 앞에서는 최대한 언어를 정제하고 말 한마디 한마디에 애정을 쏟으면서 정작 내 몸에게 그런 태도를 보인 적이 있었는지 생각해 보았다. 그랬더니 무지도 이런 무지가 없었다. 나는 아예 몸과 대화할 수 있다는 생각 자체를 해 본 적이 없었던 것이다. 제대로 몸을 쳐다보기 시작하니 어느덧 몸에게 마음의 말을 건네는 일이 자연스러워졌다.

자꾸 나를 힘들게 하는 외부 대상에게 호소해 봤자 거기에는 답이 없다. 답은 내 몸에 있다. 시간을 쪼개 내 몸과 대화하고 내 몸이 좋아하는 방식의 운동과 먹을거리를 사랑으로 챙겨주자. 이렇게 외부로 향한 관심을 내 안으로 도로 데려올 수 있는 장치로서 운동은 아주 훌륭한 도구이며 나를 사랑하는 가장 즉각적인 방법이다. 내 몸에 말을 걸고, 사랑해 주고, 먹고 싶다는 것을 먹여 주되 양을 조절하고 움직임으로 활기를 더해주는 것이다.

삶을 바꿀 수 없어도

바디프로필을 준비하며 극도로 힘에 부칠 때, '도대체 내가 왜 이렇게까지 해야 하지?'라는 물음이 절로 떠올랐다. 그 물음에 대한 답은 바로 관점의 전환이었다. 평소 중요하게 여기는 인생 가치가 있지만, 관성에 젖어 헤맬 때는 관점의 전환이 필요하다. 이 전환의 도구가 나에게는 운동이었다. 삶은 바꿀 수 없지만 삶에 대한 내 태도는 바꿀 수 있다. 나에게 바디프로필이라는 뚜렷한 목표는 삶을 보는 태도의 변화를 가져다주었다. 항상 몸관리는 중요하다고 생각해 왔지만 그 끝을 정의하지 않은 채 당연시하게 여기면 어느새 이유를 잃고 관성에 젖게 된다.

나는 일단 억울하지 않고 싶었다. 진짜 열심히 살아왔

는데, 때론 엄마라는 이름에 압박당하면서도 나 자신을 놓치고 싶지 않아 아등바등 애써 살아왔는데, 이제 숨 좀 돌리고 재밌게 살아볼까 하는 시점에 체력이 따라주지 않는다면 정말 억울할 것 같았다.

몸과 마음은 하나다

생각해 보면 유난히 짜증이 많은 날은 몸이 힘든 날이 대부분이었다. 그리고 내 인생이 너무 슬프게 느껴지는 날도 대부분은 신체적인 컨디션이 떨어지는 날이었다. 그래서 성공한 사람치고 몸관리를 게을리하는 사람이 없다고 하나 보다. 자기계발에는 정말 여러 분야가 있지만, 내 몸을 관리하고 계발하는 일이야말로 그 무엇보다 자신을 사랑하는 행위다.

나는 운동을 통해 아름다운 몸매를 갖고 싶은 타인에게, 특히 엄마들에게 귀감이 되고 싶다. 엄마라는 이름 밑에 자신을 매몰시키고 싶지 않은 마음이 절대 이기적인 게 아니라는 것을 알려주고 싶다. 그리고 나는 늙어서도 늘 아름답고 싶다. 내가 욕심내는 아름다움은 성형이나 메이크업과는 결이 다른, 일상의 습관이 주는 결과물로서의 아름다움이다. 그래서 나에게 있어 바디프로필은 그저 몸의 이슈를 넘어선 '라이프스타일 프로필'이다.

엄마의 우울증, 그 진짜 원인은

아이를 낳고 키우면서 내가 가장 우울했던 이유는 신체 변화였다. 정신적인 외로움, 고립감, 막막함보다도 나를 가장 크게 짓눌렀던 것이 바로 '몸의 변화'였다. 모성애와는 결이 다른 이야기다. 왜 내가 이렇게 못나게 변해야 하는지 억울했다. 빨리 원상태로 복귀하지 않으면 괜한 후폭풍이 몰아친다. 아이를 100만큼 예뻐해 줄 수 있음에도 70만 예뻐해 주게 되고 나머지 30은 내 몸이 변했다는 사실에 우울해하면서 에너지를 낭비하게 된다. 매일 매일 보이는 게 나의 신체적인 변화니 피해 갈 수 없다.

누구에게나 임신과 출산은 힘든 일이다. 하지만 결과를 바라보는 시선을 냉정하다. 나를 돌보지 않고 아이만 키우다 보면 '애들 낳고 키우느라 이렇다'라는 핑계 뒤에 더 이상 내 몸을 숨기지 못할 때가 온다. 그러면 더 우울해진다. 꼭 살을 빼야 한다는 게 아니라 '몸관리'가 내 관심 영역에 반드시 들어와 있어야 한다는 이야기다.

몸관리, 운동, 다이어트. 다둥이 엄마에겐 다른 나라 말로 들릴 수 있다. 이 마음을 나도 너무나 잘 안다. 그런데 신기한 게 본보기가 있으면 진입장벽이 낮아진다.

'저 사람은 아이 넷을 낳고도 몸관리에 성공했네. 어디 나도 한번 해 볼까?'

혹시나 내가 엄마들에게 진입장벽을 낮춰주는 그런 표본이 될 수 있다면 좋겠다는 생각이 나를 더 지독하게 운동의 끈을 놓지 않고 살아가게 해 주었는지도 모른다.

예쁜 여자가
좋았다

나에게는 변태스러운(?) 취미가 있다. 시작이 언제인지 기억도 나지 않는다. 언젠가부터 그렇게 여자 몸이 좋았다. 타고나길 그랬을까, 아니면 여중-여고로 이어지는 엘리트 코스를 밟은 탓일까, 아무튼 나는 예쁜 여자 몸을 보면 기분이 좋아져 계속 탐닉을 일삼았다. 그 증세는 20~30대에 잠시 소강기를 지나 다시 병처럼 도져 출산 이후 나의 은밀한 취미생활로 자리를 잡아버렸다.

틈만 나면 할리우드 배우들의 비키니 사진을 찾아보는 것은 기본이고 좋아하는 배우들은 잊을 만하면 인스타그램이나 유튜브를 찾아가 행보를 관찰한다. 여배우들의 벗은 화보는 내게 놓칠 수 없는 볼거리였으며 레드카

펫을 밟은 여배우는 나의 1등 사냥감이었다. 일반인을 볼 때도 남자보다는 여자에게 눈길이 갔다. 특히 몸매가 예쁜 여자는 내 시선에 종일 갇혀 있다. 나의 사냥감이 된 여자는 여자 몸 관찰의 달인, 이 스텔라의 시선에 사로잡힌 것을 영광으로 여겨야 할 테다.

나는 20대 내내 지독하게 방황했다. 아프니까 청춘이라는데 그것도 한두 해일 때 이야기지 10년씩 아프기만 하면 그건 청춘이 아니라 썩은 영혼이라는 생각이 나를 한국 땅에서 밀어냈다. 국내에서만 방황하다 서른이 되기 싫은 몸부림에 미국으로 건너간 29살 끝자락, 야심 차게 나라를 떠났지만 마음가짐은 변하지 않았는지 여전히 무엇인가에 최선을 다하지 않고 그저 한량처럼 빈둥거렸다. 그런데 똑같이 길거리를 거니는 것뿐인데도 여기에선 그것마저 너무 재밌는 거다. 서울에서 걷듯이 똑같이 걸어도 배경지가 맨해튼이라는 이유로 왠지 모르게 영화 속을 걷는 것 같았고 지나가는 여자들은 모두 연예인처럼 보였다. 학원을 가다 말고 어떤 여자가 너무나 예뻐서 한량없이 그 뒤를 쫓아 걸었다가 길을 잃고 황망함을 느낀 적도 있다.

기가 찰 노릇이다. 미래를 찾겠다며 서른이 다 되어 유학길에 오른 여자가 남자도 아니고 같은 여자 뒤꽁무니를 졸졸 쫓아다니는 꼴이라니.

하지만 나는 이때 처음으로 타인이 아닌 나의 시선으로 세상을 볼 수 있었다. 틀에 박힌 세상 속에 소속되기 위해 안간힘을 쓰며 노력해야만 했던 사회적 시선에서 처음으로 벗어날 수 있었다. 거기서 벗어나고서야 내가 오랜 시간 그 속에서 갇혀 살아왔다는 것을 처음 인지하게 됐다.

이런 철학적인 이유 말고도 내가 뉴욕이 좋은 이유는 따로 있었다. 이곳 여자들이 다양하고 예뻤고 멋있었다. 사실 서울에도 예쁜 여자들은 많았다. 하지만 그들은 나에게 '질투의 대상'이었을 뿐 흠모할 수는 없었다. 뭔가 사회적 시선에 의해 만들어진 틀에 박힌 아름다움 같았다고나 할까. 그런데 여기 그들에게는 '자유의지로 이룬 아름다움'이 보였다. 투박한 멋이 있는 흑인 여자도 있었고, 밀랍 인형같이 고운 살결에 파란 눈동자의 백인 여자가 걸어 다녔고, 열 군데 넘게 뚫린 피어싱의 메탈스러운 멋과 히잡과 핫팬츠가 혼재하는 곳, 이 인종의 용광로 한가운데서 나는 형용하기 힘든 다양한 매력에 매료됐다. 나를 아는 사람이 아무도 없고 누구도 나를 신경 쓰지 않는 이 먼 타국에서 나는 오로지 내가 보고 싶은 것, 내가 느끼고 싶은 것에만 집중했다. 내가 오로지 나의 관점으로만 세상을 보게 됨으로써 그동안 그조차 못하고 서른 살 인생을 살아왔다는 사실을 알게 됐다.

그 깊은 깨달음을 예쁜 여자 뒤꽁무니나 따라다니면서 느꼈다니 웃어야 할지 울어야 할지. 그래도 그 깨달음이 글감이라도 됐으니 다행인 건가.

내 바디프로필의
원동력은 욕망에서

한국에서나 미국에서나 나는 똑같은 사람인데 왜 같은 현상을 다르게 느꼈을까? 이 놀라운 경험의 배경지에서 나는 내 인생을 한번 뒤집어서 관찰해 보았다. 생각해 보면 맨해튼이 아니라 서울의 길바닥에서도 아무도 나를 모른다. 그런데 나의 행동반경과 마음의 무장해제 정도가 다르다. 종로 바닥이나 강남역 사거리에서 나는 내가 예쁜 여자를 힐끔거린다는 사실을 있는 그대로 받아들이기가 어려웠다. 맨해튼에서는 이 모든 것에서 자유로웠다.

그러고 나니 내면에 신기한 공간이 생겼다. 한국에서

느낄 수 없었던 대자유가 인종의 교류장 한가운데 서 있다 보면 절로 느껴졌다. 이 거대한 우주에서 내가 아무것도 아닌 존재라는 사실이 얼마나 큰 해방감을 주었는지 모른다. 이렇게 세상이 넓으니 나 하나가 어떤 선택을 하고 어떤 삶을 살든 전혀 상관없겠구나, 나는 오롯한 나니까 맘껏 사랑받고 세상을 다 품을 만큼 자유로워도 되는 거구나, 그러니 한 번뿐인 인생 진짜 내 마음이 하자는 대로 살자. 이 사실을 깨달은 것만으로도 유학은 성공적이었다고 생각한다.

지금도 이유를 명확하게 설명할 수 없다. 나는 그냥 예쁜 여자가 좋다. 중요한 것은 내가 나의 이런 성향을 인정하고 적극적으로 활용해 자기계발 수단으로 삼았다는 점이다. 내가 동경했던 그 여자들의 몸매가 내 것이 될 수가 있다면? 나는 이 물음에서 내 욕망을 불러냈다.

나는 한번 할 때는 미친 듯이 몰입하지만 게을러지기 시작하면 한도 끝도 없이 무너지곤 했다. 이런 습관을 이겨내고 내 몸을 꾸준히 관리하며 건강하고 탄력적인 몸매를 만들고 싶었다. 그러나 일상에 매몰되어 나를 설득할 방법을 찾지 못하고 있었다. 그러다 나의 이 은밀한 취미를 행동강령으로 접목했다. 내가 TV 속 이 여자들의 몸매와 엇비슷하게라도 만들어서 비키니를 입고 멋진 사진을 찍을 수 있다면? TV와 잡지와 길에 다니는 타인이 아닌 거울 속 내 모습을 보고 감탄할 수 있다면? 그랬더니 내 안에서 바로 욕망이 응대했다. 이렇게 바디프로필 촬영 결심에 대한 원동력은 나의 욕망에서 나왔다.

아름다움을 향한 갈망,
경박한 욕심이 아닌 진정한 자기 존중

그럼에도 몸매 관리에 유독 신경을 쓰는 것이 엄마로서 고민될 때도 많았다. 아이를 챙겨야 할 시간을 쪼개 나에게 집중해도 과연 괜찮을까? 엄마가 그래도 되는 걸까? 주변 사람들은 그런 나를 걱정했다. 이런 걱정들이 모이자 나조차도 이건 너무 심한가 하는 생각이 들었다. 그런데 결과적으로 그렇게 하길 참 잘했다는 생각이 든다. 아무리 내가 입을 것 덜 입고, 할 운동 줄여서 아이를 가르쳐도 나중에 아이들에게 좋은 엄마는 '나를 잘 가르쳐준 엄마'가 아니라 '예쁜 엄마'라는 것을 알게 됐다. 적어도 우리 아이들의 경우엔 그랬다.

아이들의 눈은 솔직하고 정확하다. 너무 직설적이라

놀랄 때도 많다. 하지만 어른들이 차마 면전에서 내뱉지 못하는 진심들을 그들은 그저 가감 없이 표현하고 있을 뿐이다.

초등학교 2, 3학년이 된 아들들은 내가 조금 풀어질라 치면, 내 옷을 걷어 복근을 확인한다. "엄마, 요즘 운동 좀 하셔야겠는데요?" "엄마가 근육이 있는 게 너희한테 뭐가 좋아? 운동한다고 집 비우고, 너희랑 안 놀아주잖아." "엄마가 예쁘면 좋잖아요."

가끔 엄마가 너무 좋다는 아이들의 애정 고백에 내 어디가 그렇게 좋으냐고 물으면 "그냥 예뻐서 좋다"고 한다. 자기 엄마를 안 사랑하는 자식이 어디 있겠냐마는 어린 시절의 눈을 딛고 사춘기를 지나면서 '예쁨의 객관성'을 깨닫기 시작하는 나이가 되면 얘기가 달라진다. 아이들이 자기 엄마라고 언제나 자랑스러워만 하리라는 맹목적인 믿음 대신 아이들에게 배신당할 준비를 미리 하는 편이 낫다. "엄마, 학교에 올 때 좀 예쁘게 하고 오시면 안 돼요?"라고 묻는 아이를 가자미눈으로 째려보며 후회하지 않고 아이에게 쏟을 시간을 덜어 나 자신에게 쓴 것이 참 잘한 선택이라고 생각한다.

가장 예쁘게 빛나야 하는 건
바로 엄마다

해마다 새로운 계절이 다가온다. 제철에 맞는 여섯 식구의 옷을 사려고 하면 너무나 큰 지출이 나간다. 옷을 살 때 우리 집 우선순위는 항상 나다. 큰애가 10살이 될 때까지 새 옷을 제대로 사준 기억이 손에 꼽을 만큼밖에 없다. 그럼 애들 옷은 어떻게 입히느냐고? 한 번만 입고 버려지거나 한 번도 제대로 못 입힌 아이들 옷이 주변 엄마들 집에 넘쳐난다. 그 옷들이 모두 우리 집으로 몰려 들어온다. 중고 옷 집하장이 따로 없다.

옷뿐인가? 신발, 목도리, 장갑, 내복…… 생활에 필요한 모든 옷은 빠르게 성장하는 아이들 몸을 한두 번 거쳤을 뿐인 옷들이다. 나는 두 팔 벌려 그 옷들을 환영한다. 일단 다 모은 후 정리해서 제자리를 찾아준다. 선 취합 후 정리의 기술이다. 필요한 옷들로 엄선하여 아이들의 옷장을 새로 장식한다. 대신, 지정된 옷장 안에 수용될 만큼만 남겨두고 나머지는 필요한 누군가에게 또 보내거나 대부분은 재활용센터로 향한다.

그렇게 알토란같이 아껴서 내 옷은 철마다 산다. 비싼

옷은 아니라도 정성 들여 쇼핑을 하고 내 기분이 좋아질 만한 옷을 몇 벌 사서 옷장에 걸어둔다. 그리고 흡족해한다. 외출을 준비하고 내가 거울 속의 나를 보았을 때 드는 만족감이 아이들이 예쁜 옷을 입은 만족감보다 더 중요하다.

엄마는 그래도 된다. 아이들은 어떤 것을 입어도 예쁜데 엄마가 대충 입으면 추레하고 초라해 보인다. 아이들은 계절별로 좋은 옷을 사다 입혀도 재미 삼아 옷에 더러운 것을 묻히기도 하고, 놀이에 몰입하다 큰맘 먹고 사 입힌 새 옷을 한 시간 만에 망치기도 한다. 그럼 애써 좋은 옷을 산 의미가 사라질뿐더러 그 옷을 입힌 엄마만 스트레스를 받는다. 그러니 초라하지 않을 정도의 의복 구색만 갖춰주며 살 것을 권한다. 아이들 옷에 대해 털털해지면 여럿이 행복해진다.

누군가는 눈을 휘둥그레 뜨며 이렇게 물을 수 있다. "엄마라면 당연히 아이들을 먼저 챙겨야 하는 거 아니야? 어떻게 아이들 옷 살 돈은 아끼고 자기 옷을 먼저 살 수가 있어?" 나는 이렇게 말하고 싶다. 엄마가 안 예쁜데 아이들만 빛나면 이맛살이 찌푸려진다고. 나이가 든 나는 꾸미는 데 품이 들지만 한창 자라는 아이들은 깔끔하게만 입히면 존재 자체만으로 예뻐 보인다. 그러니 외모에 공을 들여야 하는 것은 아이들이 아니라 엄마 자신이다.

나를 위한 운동 시간

주위 어른들은 이런 내가 마땅치 않았을지도 모르겠다. 아이를 임신했음에도 불구하고 일상이 달라지지 않는 내가 어딘지 모르게 불편했을 테다. 나는 임신 기간 내내 몸을 많이 움직이려고 노력했다. 나를 움직이게 하는 촉매제는 불행히도 임산부의 운동으로 권하는 '요가', '걷기'와 같은 얌전한 것이 아니었다. 이동할 때 자전거를 타고 싶었고, 꽤 가파른 산에 올라가고 싶었고, 심지어 가끔 (아무도 몰래) 암벽등반도 했다. 스키도 한번 타다가 들켜서 뒷덜미 잡혀 돌아온 적도 있다. 물론 이렇게 막 몸을 부리며 지내다 보니 위험한 순간도 있었다.

나는 그 시절 속절없이 자전거가 좋았다. 걸으면 지루하고 뛰면 힘든데 자전거는 적당한 속도감과 내 발로 세상을 거니는 것 같은 통제감이 나에게 묘한 해방감을 주었다. 그날도 역시 평소처럼 책을 한 짐 가득 싣고 자전거를 타고 도서관으로 향하던 길이었다. 자전거의 특성상 양팔로 손잡이를 잡고 페달을 밟다 보면 임신 8개월이라도 사람들의 눈에 띄지 않는다. 그러다 결국 사고가 꽤 크게 나서 왼쪽 다리에 찰과상이 깊게 났고 치료를 하러 다니느라 고생이 이만저만이 아니었다. 트라우마가 생겨서 그 뒤로 자전거를 못 타는 거 아니냐고 물어보는 사람도 많던데, 내 대답은 '자전거 위에서 생을 마감해도 좋다'이다.

나는 오로지 나를 위한 운동 시간이 필요했다. '애 엄마' '임산부'같이 나를 규정하는 단어에서 자유로워져서 오직 나로 존재하고 싶었다. 외모를 가꾸는 데 공을 들이고 원하는 몸매를 만들기 위해 운동하는 노력이 왜 엄마가 하면 이기적이고 허영심 많은 일로 치부되어야 할까?

나는 아름다워지고 싶다. 임신하고, 아이를 낳고, 더 나이가 들어도 여자의 매력을 잃지 않고 활기차게 살아가고 싶다. 당연하지만 왠지 입 밖에 내기가 껄끄러운 이 욕망을 자연스럽게 받아들이고 그 욕망을 내 삶을 빛내는 윤활유로 사용할 수 있기를 원한다.

나는 아름다움을 추구하는 것이야말로 진정한 자기

존중이라고 생각한다. 먼저 나를 사랑하고 나를 가꾸어야 내 가족과 주변 사람들을 챙길 수 있다. (출산 후 변해버린 몸매 때문에 산후우울증이 오고 아이조차 제대로 사랑해 주지 못했던 과거 내 모습을 보라) 운동과 몸매 만들기 역시 세상이 정한 규격에 나를 끼워 넣는 일이 아니라 아름다움을 향한 자연스러운 나의 욕망이며 건강하게 나를 사랑하는 방법이다.

내 최종 꿈은 철인 3종 경기

내가 이 글을 쓰기 전부터 여자의 체력에 대해 새로운 시각을 열어준 책이 있다. 바로 이영미 작가님의 《마녀 체력》이다. 서점에서 내 눈에 띄자마자 한 치의 망설임도 없이 집으로 모셔왔고 내 서가에 수많은 풍파에도 휩쓸리지 않고 꿋꿋이 자리를 지키고 있는 책이다. 여자 체력 빌드업의 끝판왕《마녀체력》에서도 자전거에 대한 찬양이 쏟아진다. 한줄 한줄을 읽을 때마다 목이 빠져라 고개를 세차게 끄덕이며 공감했다. 나도 작가님을 따라 속초에 껌을 사러 가고 싶은 마음이 불뚝불뚝 솟아나 이 책을 읽다가 몇 번을 자리에서 일어났는지 모른다.

작가님의 자전거 행렬에 함께하고 싶지만 내가 감히 그분의 자전거 코스를 따라갈 수 있을지 모르겠다고 인스타에 소심하게 댓글을 달았더니 '누구나 할 수 있다!'라고 친히 대댓을 달아주셨다. 내가 운동과 바디프로필에 관한 책을 쓰게 됐다고 하니 열혈 응원도 해주셨고 말이다. 누구나 시작만 안 했을 뿐 도전하면 모두 할 수 있다는 그 말씀을 난 격하게 공감한다. 그래서 언젠가 나도 철인 3종에 도전하고 싶다고 무턱대고 찾아뵐지도 모른다. 작가님, 제자로 받아주실 거죠?

몸과 마음에 복근 만들기

진짜 식스팩은
복근 말고 다른 곳에

인생은 여러 개의 공을
굴리는 저글링 같다

어느 한 바퀴만 잘 굴러간다고 잘 살아지지 않는다. 아이가 잘 큰다고 해서 내가 충만한 만족감을 느끼며 살기는 어렵다. 가족의 안위만으로도 뭔가 부족하다. 종일 집에서 아이들 얼굴만 보고 있다 보면 말이 통하는 어른 사람과의 유대가 필요하다. 나를 인정하고 내 글을 읽어줄 글벗들도 필요하고, 함께 시시콜콜한 이야기를 나눌 수 있는 친구들, 같은 방향을 바라보며 제2의 인생을 열심히 준비하는 동지들과의 교감도 행복의 필수 조건이다.

이런 식으로 나열하다 보니 내 인생에 반드시 갖추어야 할 행복의 조건 여섯 가지가 추려졌다.

첫째는 내 꿈인 글쓰기다. 글을 쓰는 내가 있어야 엄마로서의 나, 아내로서의 나도 존재할 수 있다.

둘째는 가족이다. 내가 삶을 잘 꾸리고 싶은 마음의 원동력은 사랑하는 내 가족으로부터 나오기 때문이다.

셋째, 글벗이다. 새벽을 밝혀 함께 글을 쓰고 있는 그들과 '헤어질 필요가 없는 관계'를 쌓아가고 싶고 이 힘으로 세상에 대해 배우고 싶다.

넷째는 경제력이다. 글을 쓰는 직업과 대척점에 있는 듯한 경제 감각은 사실 작가들이 새로 고침해서 들여다봐야 할 영역이다. 고미숙 작가님은 '이상은 하늘처럼 드넓게, 두 발은 현실이라는 실존하는 땅에 단단히 두 발로!'라는 명언을 남기셨다. 가슴 속에는 '작가 연대로 대한민국을 바로 세우고 싶은' 드넓은 이상이 있더라도 현실에서는 '당장 내가 어떻게 먹고살 것인지'에 대한 대책이 있어야 한다. 그래서 경제의 공을 굴리는 일에 게으름이 없어야 하고 당장은 어렵더라도 경제적 자유를 갖추기 위한 돈 공부가 필요하다.

그리고 다섯 번째, 글로벌한 비전을 갖도록 애쓰는 일

이다.

　그리고 마지막 여섯 번째, 바로 '체력'이다. 정리하다 보니 마침 여섯 가지다. 나는 여기에 인생의 식스팩이라는 이름을 붙였다. 마지막 식스팩을 찾고 유레카를 외쳤다. 근육운동의 상징이라고 하는 식스팩은 몸에만 있는 것이 아니었다. 인생의 식스팩은 인생의 행복을 위해 꼭 필요했다.

다시, 체력

　이 여섯 가지 인생의 식스팩 중 가장 중요하며, 근간이 되는 것은 무엇일까? 바로 체력이다. 더 자세히 이야기하자면 '체력의 중요성'에 대한 자각이다. 이렇게 말하니까 내가 늘 쉬지 않고 운동을 하는 것으로 보일 수도 있겠다만 전혀 그렇지 않다. 나 역시 아직 뚜렷한 목적 없이는 생활 속에서 운동 독립을 이뤄내지 못하고 있다. 어떨 때는 한 달 넘게 운동을 하나도 안 한 것을 깨닫고 자괴감에 빠지기도 한다.

　하지만 나는 매일 체력의 중요성에 대해 생각한다. 체력을 키우기 위해 아무것도 하지 않는 날에도 꼭 이 여섯 가지 행복의 조건을 생각한다. 그러면 반드시 '체력을 위한 생각'에 날이 선다. 체력 없이는 그 어떤 것도 이루기 힘들기 때문이다. 매일 새벽에 일어나서 글을 쓸 수 있는 것은 체력이 받쳐주기 때문이다. 아이를 키우는 것도, 넓은 이상을 꿈꾸고 실천할 수 있게 하는 바탕에도 든든한 체력이 전제되어 있다.

누구나 몸과 마음에 한계가 있다. 매일 하다 보면 도무지 내키지 않는 날도 있다. 그럴 때 나는 다른 장치를 건다. 어떨 때는 막내의 말랑말랑한 엉덩이를 톡톡 치면서 힘을 얻기도 하고, 함께 글 쓰는 글벗들의 작은 응원에 힘을 내기도 한다. 또는 내 글을 읽고 큰 감동을 얻었다는 이웃의 댓글 하나에 나도 모르게 필력이 막 솟아나는 날도 있고, 글쓰기고 뭐고 다 때려치우고 싶은 날은 함께 애환을 나눌 글벗의 도움을 받는다. 그리고 이렇게 기운이 나면 또다시 이 모든 것을 할 수 있는 근간이 되는 체력을 키워야겠다는 생각이 든다.

몸이 변화하니 화 에너지가
제자리를 찾았다

내 체력은 나만의 것이 아니다

체력이 달리고 몸이 부대끼는데 타인에게 친절한 태도를 유지하기란 힘들다. 그러니 나는 내 행복뿐만 아니라 우리 가족의 행복을 위해서라도 내 몸을 지켜야 할 의무가 있는 셈이다. 고미숙 작가님은 그래서 '내 몸은 타자의 공동체'라고 하셨나 보다. 내가 달고 사는 것 같지만 내 몸의 진짜 사용자는 타인이다.

나는 아이들에게 나름 괜찮은 엄마로 살고 있다고 자부한다. 그런데 이 모든 공든 탑을 항상 무너뜨리는 감정이 있었으니 바로 '화'다. 나는 화가 그렇게 자주 난다.

누가 봐도 화가 날 수밖에 없는 상황이라고 위로해 줘도 소용이 없다. 나 스스로 체감하는 화의 농도는 타인이 짐작하는 정도가 아니다. 부끄럽게도 상상 그 이상이다. '그 사람이 먼저 그랬잖아.' '요새 스트레스받을 일이 너무 많았어.' 이런 핑계를 내며 내 화를 더 이상 합리화하고 싶지 않았다. 나는 달라지고 싶었고, 반드시 변화를 이루어 내고 싶었다.

운동을 하게 된 직접적인 이유는 아니지만 운동을 시작하고서 예상치 못하게 얻은 효과가 바로 화를 조절할 수 있게 되었다는 것이다. 사실 이것이 그 어떤 운동 결과보다 내 삶의 질을 가장 높여주었다.

그 많던 화가 다 어디로 갔을까? 운동을 시작하고 나서 그렇게 노력해도 사라지지 않던 화의 감정으로부터 어느 정도 자유로워질 수 있었다. 완전히 사라진 것은 아니지만 원래 내 화의 총량이 100이었다면 운동을 하고 난 이후로는 50 정도로 덜어진 기분이다. 화의 전체 무게가 줄어들고 남는 공간이 생기니 똑같이 화를 내어도 그 밀도가 달라졌다.

운동으로 칼로리뿐 아니라 화 에너지도 함께 빼낼 수

있었던 걸까? 몸을 오래 씻지 않으면 먼지가 쌓이듯 나의 육신 안에는 화라는 딱지가 겹겹이 쌓여 있었다. 이것은 명상하듯 가만히 앉아 마음을 가다듬음으로써 해결할 수 있는 문제가 아니었다. 마음의 문제는 곧 몸의 문제이기 때문이다.

생각해 보면 물리적으로 몸을 움직임으로써 오래 묵은 화 에너지를 몸 밖으로 배출할 수 있었던 게 아닐까 싶다. 화 에너지는 쉽게 사라지지 않는다. 화가 묵은 시간에 비례해서 지속적으로 몸을 움직여줘야 한다. 이 움직임은 글쓰기 근육처럼 일정 시간 이상이 채워져야 결과물로 나타난다. 나 또한 바디프로필을 준비하면서 100일간의 지속적인 운동을 통해 이 화 에너지를 털어낼 수 있었다.

운동에 늦은 때란 없다

똑같은 상황에서도 나는 나를 관조할 수 있게 되었다. 감정에 매몰되지 않고 화가 올라오는 순간 나를 관찰하는 어떤 찌릿한 빛이 느껴진다. 그 빛이 나의 감정에 완급 조절을 할 수 있는 능력을 선물해 주었다. 나는 그렇게 마침내 '평범한 수준의 화'를 구사하는 엄마까지는 도달했다. 이럴 줄 알았으면 첫째 낳고 바로 이렇게 운동할 걸 그랬나 싶은 마음이 들어 안타깝기까지 하다. 하지만 늦은 때란 없다. 다행히 아직 나에겐 아이들을 키운 날보다 키울 날들이 더 많이 남았고 나는 이제 화를 폭발하던 루틴을 끊어낼 방법을 안다.

경남 하동의 쌍계사 문주에는 이런 말이 쓰여 있다고 한다. "화는 내면 업이 되고, 참으면 병이 되고, 그대로 바라보면 사라진다."

주 3일 1.5시간 땀에 흠뻑 젖는 운동이나 근력에 뻐근함이 올라오는 운동을 100일 동안 해봄으로써 나는 뜬구름 잡는 것 같은 저 말이 어떤 상황을 묘사하는 것인지 직접 온몸으로 느낄 수 있었다.

우아하고 품위 있게,
식단 조절의 비결은?

　나는 참 먹는 것을 좋아한다. 새벽 3시 30분에 도대체 어떻게 일어나느냐는 질문에 내가 하는 대답이 있다. "커피 마시려고요." 나를 일으키는 많은 이유가 있다지만 가장 현실적인 이유는 바로 커피 한 잔이다. 커피에 대한 갈망으로 나는 그토록 다디단 새벽잠과의 사투에서 승리한다.

　이성의 역할은 본능을 억누르는 것이 아니라고 한다. 오히려 나를 움직이는 본능이 무엇인지 세심하게 알아차리고 이를 적재적소에 써먹을 수 있도록 하는 것이 이성이다. 이를테면 나는 예쁜 여성의 몸에 환호하는 본능을 가졌고, 내 이성은 이를 알아차려 바디프로필이라는 새로운 영역에 도전하게 만들었다. 그러니 식단 관리에서 가장 중요한 점은 역시 내가 어떤 사람인지 명확하게 알고 있어야 한다는 것이다. 내가 어떤 음식에 특히 약하고 어떨 때 폭식이 유발되며, 평소 식습관에 대한 패턴이 어떤지 이해하고 나서 이를 기반으로 체계적인 식단을 짜야 한다.

나의 새벽 미끼는 커피다. 나는 일어나자마자 몸도 바쁘고 마음도 바쁘다. 5시까지 글벗들이 글을 쓸 수 있도록 필사감을 준비하고 주제를 마련하는 일이 시급하다. 5시에 1차 마감을 하고 나면 뇌와 몸이 조금씩 운동을 시작하는데 이 시간쯤 함께 글을 쓰는 남편이 안 그래도 작은 눈을 절반만 뜨고 덥수룩한 모습으로 침실에서 나온다. 모니터에서 눈 한번 떼지 않는 나에게 와서 그 하기 어렵다는 정수리 뽀뽀를 해 준다. (이건 진짜 사랑이다) 그러고 나서 자연스럽게 머신에 원두를 담고 정수기에서 물을 받는다. '앗싸, 곧 갓 내린 커피 한 잔이 내 책상에 놓이겠구나!'

내 새벽 기상은 이 맛이다.

먹어라, 다만
천천히 음미하면서

양을 조절하고 먹고 싶은 음식을 잠시 유예하며 느끼는 즐거움을 알게 된 것이 식단 조절 성공의 팔 할이다. 나는 칼로리 계산 같은 것은 할 줄도 모르고 하지도 않을 것 같다. 음식을 앞에 두고 그 순간의 감격을 기억하기 위해 사진을 찍을 수는 있어도 칼로리 계산 앱을 열 수는 없다. 사실 매번 다 먹고 나서야 '앗, 사진 안 찍었네' 하고 뒷북 치는 날이 더 많다. 그 정도로 칼로리를 자세히 따지는 행위는 나로서는 음식 앞에서 도저히 생각할 수 없는 행동이다.

나는 칼로리 앱을 여는 대신 앞접시에 할당할 양을 가늠한다. 배가 고픈 상황에서 맛있는 음식에 흥분하지 않기는 어렵다. 이 흥분의 본능을 환기하는 작업이 필요하다. 바로 호흡, 앞접시, 그리고 먹는 속도이다. 물 한 잔을 마시고 4·2·4 호흡을 한다. 4초 들이마시고 2초 참았다가 4초간 천천히 내뱉는다. 미국 엘리트 특수부대 네이비실에서 쓴다는 호흡법이라는데 나는 맛있는 음식 앞에서 쓴다. 내 인생 절체절명의 순간이니까. 이 호흡을 3회

정도 하고 앞접시에 음식을 던다. 그리고 입으로 가기 전에 눈으로 맛보고 젓가락으로 질감도 느껴본다. 그리고 내 욕심의 양의 절반으로 줄여 입속에 넣고 최대한 오래 천천히 먹는다. 이런 전처리 과정 없이 음식을 대할 때와 생각하고 먹을 때 그 결과는 천차만별이다.

자꾸만 연습하다 보면 이 과정들은 자연스럽게 나의 식습관이 된다. 이 습관을 내 것으로 만들고 나면 세상 어떤 음식 앞에서도 천하무적이 된다. 나는 먹고 싶은 음식이 생기면 다 먹는다. 바디프로필 기간에도 특별히 식단 관리를 하지 않았다. 다만 모든 음식의 양을 줄이고 천천히 먹도록 노력하고 이것이 온전히 내 습관이 될 때까지 애썼다. 음식의 종류를 제한하는 다이어트 방법은 도저히 내게 맞지 않았다. 사방에 유혹이 도사릴 상황을 알면서 그 안에서 식욕을 참아낼 자신이 없었다.

세상에 내가 못 먹을 음식은 아무것도 없다. 대신 속도를 조금 늦추고 호흡을 하면서 천천히 그 맛을 음미하면 된다. 천천히 먹고 적게 먹는 것은 누구나 연습을 통해 얻을 수 있는 기술이다. 그리고 이 기술을 획득하고 나면 많은 소득이 따른다.

첫째, 사람들과 함께 식사하는 자리에서 교양을 지킬 수 있다. 생각해 보자. 배고픔에 압도되어 정신없이 음식을 막 먹는 사람과 물 한 잔 마시면서 주변도 살피고 내 앞접시에 먹을 양만 덜어서 천천히 음식을 먹는 사람을. 옆 사람이 먹는 속도에 맞춰 절반의 양만 먹으려면 두 가지만 기억하면 된다. 한 번에 집는 양을 절반으로. 씹는 속도는 두 배로. 이 규칙을 지키면 맛있는 음식을 모두 맛보면서도 식사 자리에서 매너 있게 보일 수 있다.

둘째, 날씬함을 유지하면서 모든 음식의 맛을 즐길 수 있다. 나는 훗날 꾸는 꿈이 있다. 지금 돈워리맘 팟캐스트를 함께 운영하는 5명의 엄마와 10년 후에 유럽 여행을 가기로 했다. 여행의 힘으로 산다고 해도 과언이 아닌 우리 부부는 아이들을 독립시키고 나면 팔도를 유람하며 글 쓰고 맛있는 것을 먹고 사는 것이 유일한 노후 계획이다. 앞으로도 내가 맛볼 맛있는 음식들이 유명 유럽 식당과 전국 팔도에서 나를 기다리고 있다.

솔직히 말하자면 나는 예쁘지 않은 모습으로 이 음식들을 먹고 싶지 않다. 날씬함을 유지하면서도 세상 모든 음식을 전부 먹을 수 있는 삶을 원한다. 이에 필요한 것은 당장의 원푸드 다이어트나 단식이 아니다. 하루 세끼 평생 식사를 하면서 몸매를 유지하기 위해서는 이러한 기술이 필요하다. 너무나 간절히 원했기에 안 해 본 것 없이 대부분의 도전을 해 보고 난 자의 다이어트 식단편 한 줄 요약이다. '한입에 적은 양을 천천히 먹기.'

그렇다고 늘 이렇게 살아야 하는 깃은 아니다. 치팅데이가 있고 치팅시즌이 있다. 평생 절제하면서 살 수는 없기에 어떤 주간은 배가 띵띵 부르게 먹기도 하고 주일에 한 번쯤은 야식도 먹는다. 겨울잠 자는 동물처럼 겨울에는 배 둘레에 지방을 한 겹 둘렀다가 봄이 되면 살짝 벗기면 그만이다.

중요한 것은 건강에 대한 중심축을 가지고 사느냐이고 이를 얼마나 자주 실천하느냐이다. 한번 제대로 몸관리를 하면 몸에 각인된 습관이 나를 평생 운동을 놓지 않는 사람으로 세팅해 준다. 그래서 100일간의 바디프로필을 준비한 그 시간이 이토록 소중한 열매의 씨앗이 된 것이다.

생애 첫 PT 도전,
몸과 마음의 변화

내가 여자의 S라인에 집착하는 성향의 사람인 것을 인정하고서 본격적으로 덕질한 유튜버가 있다. 바로 제이제이라는 운동 유튜버. '밋밋한 나의 라인도 변할 수 있다!'라는 도전 의욕을 마구 샘솟게 하는 영상들에 잔뜩 심취했다. 그러다가 그녀의 운동센터에 가보고 싶다는 생각이 들었다. 영상을 보면서 언제가 한번 꼭 가서 운동을 배우고 싶다는 열망을 불태웠다. 빠르게 두뇌를 풀 가동해 시간, 거리, 비용을 대충 가늠해 봤다. 어느 것 하나 가능성이 있는 구석이 없었다. 돈 못 버는 전업주부가 몸매를 만들겠다며 강남까지 다닌다는 구실을 덮을 만큼 당당한 금액이 아니었다.

그래서 눈물을 머금고 접었다. 비용만 문제였다면 또 모른다. 그때 당시 살던 남양주에서 선릉까지, 못해도 왕복 1시간 30분에다가 운동하는 시간까지 합하면 무려 5시간을 빼야 가능한 일이었다.

그러던 중 이사를 하게 됐다. 새로운 너선에 안착해 가고, 바디프로필을 준비하게 된 가운데 문득 가슴 한 켠에 묻어두었던 꿈이 떠올랐다. 이 정도 거리라면 가능하겠다 싶었다.

태어나서 처음 해 보는 1대1 PT

그렇게 나를 처음으로 본격 몸 만드는 운동센터에 데려다 놓았다. 처음부터 개인 PT를 받기는 부담스러워서 그룹 PT를 신청했다. 나는 내면의 지령을 따라 내 멋대로 운동하던 스타일이라 단체 구령에 맞춰서 특정 부위를 자극하는 운동이 사실 성미에 맞지 않았다. 그래서 나는 매사에 경제적인 효용성을 첨예하게 따지는 내 성향을 이용하기로 했다. 초반에 '환불 불가'의 설명을 듣고도 일시불로 긴 기간 등록을 해버린 것이다.

이제는 빠지면 내 손해다. 아까운 돈을 생각하며 일주

일에 세 번씩 운동시간에 절대 늦지 않으려고 애쓰면서 센터와 선생님과 다른 힘점에 내 몸을 적응시켜 나갔다. 본격적으로 운동을 배우기 시작하니 나는 내가 하고 싶은 대로, 내 몸이 편한 대로만 운동을 해 왔다는 사실을 알게 되었다. 바디프로필을 목전에 두고 마음이 급해졌다. 이 대로는 안 되겠다 싶어 고심 끝에 생애 첫 1대1 PT를 등록했다.

1대1 PT는 단체 PT와는 확연히 다른 장점이 있었다. 먼저 선생님이 내 곁에 항시 밀착해 있다. 그리고 근육의 세세한 움직임까지 관찰하면서 함께한다. 조금의 요령도 용납되지 않는다. 사실 아무리 나를 위한 운동이라고 하지만 사람이 너무 힘들면 꼼수를 부리게 되지 않던가. 지금 여기서 동작 한 개를 더 해야 내 몸에 근육이 쌓일 것은 알지만 당장의 힘듦은 나를 타협하게 만든다. 1대1 PT는 이를 막아주었다. 나를 완전히 믿지 못하는 상황에서 과감히 1대1 PT를 지른 것은 현명한 선택이었다. 무엇이든 투자가 들어가지 않으면 좋은 결과가 나오기 어렵다. 내 시간과 노력이 어려우면 타인의 시간과 노력을 돈으로 사자. 옷 살 돈, 책 살 돈, 먹을 돈 끌어모아 몇 달치 1대1 PT를 등록하자. 이른바 선지름 후수습이랄까? 고

가로 질러놓으면 그만큼 고가의 결과가 나온다는 자본의 진리를 나는 1대1 PT를 통해 깨달았다.

'시간과 열정을 돈으로 사는' 정법은 경제적 실익을 따지고 부당하면 잠을 못 자는 나에게 확실한 방법이었다. 뭐든 꾸준히 하나 보니 효과는 드러나기 시작했고 무엇보다 헉 소리 나게 강한 운동강도가 시간과 공을 들여 센터에 찾아온 나에게 만족감을 주었다. 지금도 나는 이 시절 찍어둔 복근 영상과 사이드 플랭크 사진들을 보며 처진 운동에 활력을 더한다. 운동 현장에서 남긴 리즈 시절 사진을 보고 있으면 운동을 할 때마다 나에게 큰 자극과 감동을 준다.

꿈을 이루기 위한 코어 근육 빅 3
몸, 마음, 생각

내 몸의 도우미는 내 곁에

바디프로필 촬영을 위해 나는 온갖 홈트레이닝 영상을 보았고, 온라인 수업을 받기도 했다. 그러나 역시 네 남매의 엄마에게 지속적인 홈트란 닿을 수 없는 목표였던 것일까. 집에서는 집중이 되지 않았다. 수업료를 아까워하며 머리를 쥐어뜯는 나를 돈으로 구원해 주자고 마음을 고쳐먹었다. '안 되는 것을 억지로 하는 짓은 그만두기로 하지 않았니? 내가 잘할 수 있는 것을 하자.' 그때 나는 내 몸에 투자하는 돈은 아깝지 않다고 생각을 바꾸기로 했다. 도저히 혼자 할 수 없다면 시간을 돈으로 사자고 결심했다. 평소에 가고 싶어 했던 센터에 등록하고, 대신 단 한 번도 빠지지 않고 최선을 다해 운동하자는 스스로와의 약속을 지켰다.

그룹 수업에서 누구보다 운동에 집중하고 집에 가서 그날 배운 자세를 복습하니 제법 부위별 운동 루틴이 잡혀가는 것 같았다. 시간을 버린 것 같기도 하고 속상한 경험이 많았던 다른 헬스장에 비해 이곳의 운동은 선수 출신들도 혀를 내두를 정도로 체력소모가 엄청 많은 편이었다. 실제로 내 몸이 아주 더디지만 내가 원하는 방향 쪽으로 바뀌어 가고 있었다.

운동을 할 때는 보이지 않는 것에 집중해야 할 때도 있지만 평소에는 내가 내 눈으로 내 몸의 변화를 미세하게나마 관찰할 수 있어야 한다. 그래야 조금씩 달라지는 몸을 보며 목적의식을 잃지 않고 꾸준히 운동할 수 있을 테니까.

운동과 글쓰기의 닮은 점 중 하나가 '당장 눈에 보이지 않는 결과물과의 싸움'이라는 것이다. 내가 글을 쓰고 있지만 강제성도 없는 데다 해도 그만 안 해도 그만인 상황을 뚫고 글쓰기를 지속한다는 것은 쉽지 않다. 그러나 출간 계약을 하거나, 글 쓰는 모임에 가입하여 매일 과제를 받으면 글을 쓰게 된다. 운동도 마찬가지다. 처음에 어느 정도 습관이 될 때까지는 좋은 사람들과 함께 운동하는 에너지 넘치는 공간에 나를 끌어다 놓아야 하고, 내가 내 몸을 매일 보면서 변화하고 있다는 것을 느껴야 한다. 내 몸을 직시하고 내 몸의 현주소를 정확하게 파악하기 위해서는 결국 가장 가까이에 도우미를 두어야 한다.

몸, 마음, 생각 삼합

울룩불룩한 근육질 몸을 가지고 있는데 생각 없이 하루하루 사는 사람은 진정으로 정신까지 건강하다고 할 수 없다. 생산적인 생각을 하고 살지만 인간적인 마음이 없다면 이 사람 곁엔 진짜 마음을 나눌 사람이 없다. 아는 것은 많고 똑똑한데 잘난 척을 하기 위해 나를 만난 사람이라는 느낌이 들면 진정 가까운 사이가 될 수 없다. 모르는 것은 인터넷에 검색하면 다 나오는 세상 아닌가.

사람과 사람 사이의 소통에는 언어보다 비언어가 차지하는 영역이 훨씬 더 크다고 한다. 외부에서 들려오는 소리가 아닌 마음속에서 우러나는 영감의 언어를 쓰는 사람에게 우리는 감동한다.

사람의 몸, 마음, 생각은 모두 유기적으로 연결되어 있다. 우리가 누군가를 '아, 그 사람 참 건강하지'라고 말할 때는 사실 그 안에 세 가지 영역의 건강이 함축되어 있을 때다. 일단 육체가 건강함은 물론이고 거기에 건설적인 생각과 따뜻한 마음이 함께 동반되어야 진정 건강한 사람이라 할 수 있다.

사람은 이 세 가지가 합을 맞추어 균형을 이루어야 아름답다. 그리고 한 가지가 달라지면 유기적으로 나머지 두 가지에도 영향을 끼친다. 따라서 내가 달라지고 싶다면 이 중 제일 먼저 변화를 시도해 볼 만한 것이 바로 몸이다. 마음이나 생각과는 달리 몸은 눈에 바로 보이기 때문이다.

지인 중 한 사람은 공부하다 막히면 팔굽혀펴기를 한다. 정신력을 키우기 위해서라나. 누군가는 잡념을 비우기 위해 전력으로 달린다. 나 역시 가끔 글이 잘 안 써지고 온통 머릿속이 흐릿할 때가 있다. 그럴 때면 나는 저장된 '다솔맘 40초 루틴'을 열어 잠시 몸에 열을 낸다. 짧은 시간 안에 효율성을 내기 위한 틈새 운동으로는 플랭크만 한 것이 없는데, 너무 한 자세로 플랭크만 하다 보니

지겹고 힘들었다. 그 찰나에 함다 리더가 알려주어 생활 속에 틈틈이 하게 된 효율적인 운동이 바로 다솔맘 40초 루틴이다. 플랭크 기본자세를 사이드 다운, 킥 동작, 팔꿈치 옮기기 등으로 조금씩 변형시킨 운동인데 한 바퀴를 도는데 딱 40초가 걸려서 이름이 '40초 루틴'이다. 중간에 팔을 뻗고 조금씩 숨을 돌려가면서 진행해도 4~5회를 하는 총 시간은 5분이면 충분하다.

어떤 꼭지에서 글이 더 이상 진행되지 않고 꽉 막혀 있을 때나 생각이 멈춰버렸을 때 나는 전처럼 미련하게 모니터에 머리를 박고 슬퍼하거나 자책하지 않고 책상에서 몸을 벌떡 일으킨다. 그리고 부엌 싱크대 발판으로 직행한다. 그렇게 생각이 끼어들 틈 없이 엎드려 다솔맘 루틴을 5회씩 두 세트 정도 한다. 그러고 나면 생각이 다소 정돈된다.

이렇게 몸은 정신과 마음으로 통하는 통로다. 평소 최대한 자주 걸으려고 노력하고, 내키면 뛰고 공간이 안 되면 스쿼트라도 하고 그마저도 여의치 않으면 복부를 조이면서 호흡을 한다. 생각이 날 때마다 운동이라 부를 수 있는 움직임을 지속한다. 정신과 생각은 그렇게 핑퐁 운동을 하며 상호보완할 때 더 질 좋은 시너지를 낸다. 일단

몸을 움직여보자. 그러면 마음도 생각도 각자의 속도에
따라 결국 움직일 것이다.

나의 트레이닝 동반자

함다를 만나
건강을 상생하다

우주 대폭발의 시기

2019년 말, 내 마음에도, 신변에도 심한 출렁임이 있었을 때였다. 바닥을 찍어야 수면 위로 올라온다고 하던가? 지금 돌이켜보면 그 바닥을 제대로 찍고 있던 시기였다. 인생 뭐 있어, 애나 잘 키우지, 뭐 그렇게까지 산다고 아등바등하는 거지? 나를 놓고 싶을 때마다 나 스스로 약속했다. 아이 엄마로만은 살지 않겠노라고. 내 진짜 인생은 아직 시작도 하지 않았다고 다이어리에 꾹꾹 눌러쓰며 육아 하드코어의 시기를 이 악물고 버텼다. 그리고 그때 내 일기에 약속된 때가 왔다. 나는 약속대로 자기계발을 위해 세상으로 나갈 준비를 했다.

그런데 큰 결심을 하면 왜 항상 커다란 신변의 변화가 생기는 것일까? 그해 말 겨울, 나는 몹시도 아팠다. 마흔 병이라는 고질병을 기본으로 깔고 있는 데다 워낙 감정 기복이 큰 나에게 창업 실패는 나를 나락으로 이끌었다. 나도 내 힘으로 돈이라는 것을 벌어보고 싶었다.

전말은 이랬다. 친구가 마카롱 가게를 차려 대박을 냈다. 그것을 보고 무슨 자극을 받았는지 나 역시 덩달아 마카롱을 좋아하는 마음만으로 내가 가진 투자금을 털어 넣고 겁도 없이 계약을 했다. 적지 않은 권리금까지 주어가면서. 결과적으로 나는 참패했다. 내가 장사할 사람이 아니라는 것을 알았고 남편도 고생시켰고 특히 내가 사업에 도전한다고 정신없는 동안 아이가 아픈 것도 모르고 있었음을 나중에야 알게 되었을 땐 죄책감이 이루 말할 수 없었다.

다시 '나의 문제'로 귀결됐다. 내가 꿈꾸었던 새로운 도약의 기대가 신기루처럼 사라지자 어떻게 마음을 추슬러야 할지 감이 오지 않았다. 여전히 나는 나를 구제하는 법을 몰랐고 엄마가 되어 다른 생명을 책임지는 삶 속에서 더 감을 잃어갔다. 그러나 그때까지만 해도 나는 이 상황을 운동으로 극복하자는 생각은 하지 못했다. 당시 나에게 운동은 그냥 재밌어서 하는 것, 건강을 위해 하는 것, 몸이 불었을 때 극약 조치로 하는 것. 혹은 생활 속에서 그냥저냥 하는 것이었다.

어려운 시기를 운동으로
극복할 수 있을까?

겁도 없이 장사에 도전했다 실패한 뼈아픈 경험을 정리하면서 다시 공부를 하기로 했다. 이 나이 먹도록 눈에 바로 보이는 결과물을 내지 못한 이유를 알고 싶었다. 못된 마음으로 산 적도, 노력을 게을리한 적도 없는데 왜 나는 아직 아무것도 눈에 보이는 성과를 내지 못한 것일까? 네 아이의 담벼락 밑에 숨어서 외면하고도 싶었던 그 질문을 다시 꺼내 들고 세상을 바라봤다.

그때 나에게 가장 진입장벽이 낮고 만만해 보이는 곳이 있었으니 김미경 유튜브대학이었다. 그곳을 통해 광화문연가라는 독서 모임을 만났다. 그곳의 리더인 쑥쌤 언니의 발자취를 좇아 돈워리맘 독서 모임이라는 곳과 다시 인연을 맺었다. 우리는 첫차를 타고 공덕역에 있는

24시간 카페에서 새벽에 만났다. 모임의 정신적 지주인 쑥쌤언니를 필두로 5명 중 손 씨가 3명이라는 사소한 사실부터 시작해서, 대화하면 할수록 그들과 내가 참 많이 닮았다는 것을 알게 됐다.

그렇게 우리는 급속도로 자신들이 살아온 인생을 모두 꺼내놓았다. 그 과정이 너무나 재밌어 매주 만나다가 팟캐스트를 함께 녹음하는 사이가 됐다. 돌아보면 그곳이 나의 새로운 출발지가 아니었을까. 내가 보지 못하는 나의 빛남을 상대의 시선으로 보자 실제로 꽤 재미있는 콘텐츠가 만들어졌다.

그러다 이 멤버 중 하나가 100kg이었던 과거를 털어놓았다. 이 이야기를 처음 들었을 때는 놀라 기절할 뻔했다. 50kg대의 날씬하고 탄력 있는 그녀의 지금 모습으로는 감히 상상도 할 수 없는 과거였다. 정신을 차리자마자 사라진 50kg에 담긴 사연이 너무나 탐이 났다. 그냥 흘려두지 말고 이걸로는 뭘 해도 되겠다며 그녀를 부추겼다. 그게 함다 1기의 전신이었다. 내 바디프로필 여정의 동지가 되어준 함다는 그렇게 만들어졌다.

왜 나는 위인이 될 수 없을까?

의지는 쓰레기다. 책에다 쓰긴 극단적인 표현이지만 참 와닿는 말이라고 자주 생각한다. 평소에 너무 격한 단어라 싫어하는 '쓰레기'를 실컷 발음해 본다. 쓰.레.기. 의지와 함께 섞어서 발음하니 속이 아주 후련하다. 오늘 아침에 그놈의 새벽잠이 뭐라고 그것에 진 나에게 복수하듯이, 화 좀 참는 게 뭐 그리 어렵다고 또 버럭해 버린 나를 원망하는 마음을 담아 몇 번 반복해 말하면 마음이 조금 개운해진다.

불굴의 의지로 매일 거룩한 일상을 사는 사람이 세상에 얼마나 될까? 그런 사람들이 사후에 위인으로 기억되는 거겠지? 나는 위인이 아니다. 지극히 평범하고도 때로는 평범에도 못 미칠 만큼 못난 구석도 많다. 똑같이 눈, 코, 입 달고 태어났고 남들 몸에 있는 게 나한테 없는 것 없고 다 같은 사람이라는데 왜 누구는 위인으로 살다 가고 누구는 평범하게 살다 아쉽게 세상을 떠나야 할까?

늘 무엇인가를 해 보겠다고 결심을 해놓고 어김없이 곧 무너지거나 마무리를 못 하는 일상이 반복될수록 나는 너무나 못난 사람, 살 자격이 없는 사람이 된 것 같았다. 네가 뭐가 부족해서 이러냐, 세상에 그보다 더 힘든 사람이 많다, 이런 말들을 아무리 들어도 나의 방황은 끝나지 않았고 내가 어쩔 수 있는 것이 아니었다.

그러다가 내 몫의 사명 역시 나를 애타게 찾고 있었다는 것을 이시형, 박상미 박사의 《내 삶의 의미는 무엇인가》를 읽으며 깨달았다.

"어느 때건 인생엔 의미가 있다. 어떤 사람, 어떤 인생에도 이 세상에 생명이 있는 한 충족시켜야 할 의미, 실현해야 할 사명이 반드시 주어져 있다. 네가 모르고 있을 뿐, 제 발밑에 이미 있다. 너에게 발견되어 그 무엇이 실현되길 기다리고 있다. 고로 이 인생에서 일어나는 모든 것, 비록 괴로운 일이라 하더라도 의미 있는 일이다. 필요하기에 일어났다는 사실을 조용히 받아들여야 한다. 이런 기본적인 인생철학을 잘못 알고 있으면 아무리 열심히 살아도 참된 행복을 얻을 순 없다."

- 《내 삶의 의미는 무엇인가》, 특별한서재, 48p

내 삶의 의미 역시 내가 찾아주기를 기다리고 있었음을 깨달은 순간, 여태 그것을 인지하지 못한 것이 놀라울

만큼 모든 답이 선명해졌다. 그때까지 남아 있었던 습관적인 불안감은 사라지고 그제야 '안정과 평온'이라는 감정과 마주할 수 있었다. 마치 혼자 끙끙 앓는 짝사랑인 줄만 알았는데, 상대도 나와 같은 마음인 것을 알아차렸을 때 오는 짜릿한 감정과 비슷하달까?

나는 몸을 움직여 근육을 쌓으면서 삶의 의미와 만날 수 있었다. 자기계발서를 읽고 있으면 당장 자기계발이 되는 것은 아니더라도 '내가 잘 크고 있는 것 같은 기분 좋은 느낌'을 받을 수 있듯이 땀 흘려 운동을 하면 건강한 삶에 한 걸음 다가가는 듯한 느낌을 주었다. 때로는 포기하고 싶은 생각이 들기도 하고 어떤 날은 너무 힘들어 운동을 하지 않는 날도 있었지만 목표에 조금씩 다가가고 있다는 사실 자체가 나에게 위안을 주었다.

몸이 건강해지면서 자신감을 얻고, 점차 다른 일들까지 할 수 있게 되자, 내가 찾지 못했던 삶의 의미가 나에게 신호를 보낸 것 같았다. 운동에 지쳐 바디프로필이고 뭐고 다 포기하고 싶은 기분이 들 때마다 문득 깨달은 이 생각은 나를 지속가능한 운동 시스템에 머물게 하는 정신적인 기둥이 되어주었다.

종교 집단으로 오해받은
바디프로필 준비 모임

직업도 이유도 다양한
함다 가족

우리가 함다파이널이라는 이름으로 바디프로필 프로젝트를 막 시작할 무렵은 코로나 집단 감염의 발원지로 신천지가 세간에 주목을 받던 시절이었다.

그때 우리는 수상한 첫 만남을 가졌다. 첫 모임에서 우리 9명은 서로의 얼굴을 보며 너무 놀라고 있었다. 어느 하나 공통점이 없어 보였기 때문이다. 직업도 다양했다. 목소리만 듣고 모두 100% 성우라고 확신했던 변리사 둥개 님부터 공대 출신의 부동산 전문가 마린 님, 이

웃 언니처럼 포근하지만 회사에서는 깐깐한 교육팀장 진실 언니, 운동이 본업이 아닌 게 이상할 정도로 에너지 부스터인 구글맘 님, 영상 촬영과 편집이 부업인 건 알겠는데 본업이 뭔지 아직도 모르는 백허그의 감성 로맨티시스트 착한 홍피디 님, 그 이름만으로도 힘이 되는 으랏차차 님, 그리고 계획에 없던 둘째를 임신했지만 그사이 집도 사고, 태교 글쓰기 100일도 성공하며 무한히 성장하고 있는 야지 님, 건강 멘토 손마맘을 필두로 화창한 5월의 어느 날 홍대 스터디룸에 모였다. 서로 자신을 처음 소개하는 자리에서는 그저 다이어트를 하는 이유와 목표만을 공유했을 뿐 다들 어디서 뭘 하는 사람인지 영문도 모르고 어리둥절한 채로 신선한 충격을 뒤로 하고 오리엔테이션 미팅을 마쳤다.

그때 귀한 남자 멤버 둘 중의 하나였던 마린 님이 했던 말이 기억난다. "아니, 도대체 다들 뭐 하는 사람들이에요? 다이어트가 필요하신 분은 하나도 없어 보이는데."

사실 그랬다. 어느 한 명도 크게 체중 조절이 필요한 사람이 보이지 않아 얼핏 봤을 때 무엇을 목적으로 모인지 알 수 없는 정체불명의 모임이었다. 심지어 진실 님은 나중에 사석에서 "사실은 이 모임 신천지가 아닌가 의심

했었잖아요"라고 얘기해서 모임을 웃음바다로 만들었다.

서로의 정체를 알아가는
묘한 즐거움

함다 초반, 우리는 서로에 대한 격한 궁금증을 단톡방에서 풀어갔다. 나만 이렇게까지 궁금한가? 참다못해 "도대체 어디서 뭐 하시는 분들이신가요?" 하며 목마른 자가 우물을 파듯 내가 질문을 던졌다. 그랬더니 정말 입이 떡 벌어진다. 대충 회사만 다니는 사람들이 아닐 줄은 알았지만 본캐를 뛰어넘는 부캐 하나씩은 다 가진 능력자란 사실에 놀랐고 뚜껑을 열어보니 오로지 나만 전업주부라는 사실에 한 번 더 놀랐다.

이런 사람들 앞에서 나를 어떻게 소개해야 할까? 순간 아찔했던 기억이 난다. 나는 운동하러 가는 지하철 안에서 호흡을 몇 번 가다듬고 단톡방에 나를 이렇게 소개했다.

"미국에는 도메스틱 엔지니어(Domestic Engineer)라고 이미 통용되는 개념인데요. 저는 가정주부라는 표현 대신 가정시스템을 만드는 사람, 가정시스템 메이커라고 제 직함을 부릅니다. 아무도 전업주부에게는 직업을 주지 않아서 제가 저에게 만들어준 직업입니다."

부끄러움을 무릅쓰고 눈을 질끈 감고 전송 버튼을 눌렀다. 보내놓고 괜히 낯이 뜨거워져서 쉽사리 휴대전화 창을 볼 수가 없었다.

내가 괜한 말을 한 것이 아닐까? 비웃으면 어떡하지? 아무도 대답해 주지 않는 건 아니겠지? 몇 정류장을 지나가도록 멍하게 있다가 긴장감에 호흡까지 멈칫하고 단톡방을 열어보았더니 예상치 못하게도 반응이 뜨거웠다.

"스텔라 님 진짜 멋있어요." "네 남매를 키우면서 운동을 그렇게 하시다니, 완전 존경해요." 그중 한 화끈한 멤버는 "이런 말 해도 될지 모르겠지만, 진짜 X 멋있으세요"라고 격렬하게 반응해 주었다.

그 말에 얼마나 힘을 얻었는지 모른다. 혼자 직업이 없는 자격지심에 만들어낸 말인데 내가 진짜 좀 멋있었나? 그날 저녁은 오랜만에 웃으며 운동했던 기억이 생생하다.

능력자들의
십시일반 재능기부

마음이 하나로 모이면 재능은 무대에서 알아서 그 능력을 펼친다. 우리에게 필요한 것은 무대였나? 싶을 정도로 함다파이널 2기에서는 각자의 재능으로 더욱 모임이 다채로워졌다.

쎈 언니의 다이어트 식단

일단은 구글맘 님이 1기를 진행한 노하우를 바탕으로 만든 구글맘테이블이라는 다이어트 식단이 런칭했다. 식단과 운동은 뗄 수 없는 관계다.

다이어트는 '먹는 것 < 활동량' 공식을 지키는 게 전부

일 만큼 먹는 것은 다이어트에서 운동보다 중요한 부분이기도 하다. 내가 가장 약한 부분이 바로 식단을 챙기는 일이었는데 이 점에 착안해서 1기에서 나와 함께 썬 언니 역할을 해오신 일명 함다 머리끄댕 구글맘 님이 직접 집에서 모두 손질해서 만든 그래놀라와 영양과 칼로리를 맞춘 다이어트 식단을 오픈하셨다.

나는 식단이 오픈하기만을 오매불망 기다렸다가 그래놀라를 시식하고 이렇게 솔직한 피드백을 드렸다. "구글맘 님, 후기를 좀 솔직히 드려도 될까요?" "네, 뭐든지 말씀해 주세요." "그래놀라는 아무리 저칼로리식이라지만 최종목적이 다이어트인데 그 목적에 좀 안 맞는 것 같아요." "네? 왜죠?" "너무 많이 먹게 돼요. 너무 맛있으니까요. 이성으로 조절될 정도를 넘어서 아주 한 끼에 한 통을 다 먹습니다. 코끼리도 풀만 먹는다잖아요. 이거 환불해 주세요." "하하하."

음식 사진 찍던 솜씨로
사람 사진을

오예스라는 닉네임의 컨셉리스트를 처음 만난 것은 급

조된 운동 벙개에서였다. 그녀는 모임에서 이미 뛰어난 사진 솜씨로 정평이 나 있었다. 모임의 규칙상 매일 먹는 식단을 올리게 되어 있었는데 그때부터 예사롭지 않은 그녀의 사진 실력이 드러났다. 사진을 예쁘게 찍고 감각적으로 보이게 하는 것 또한 고유한 그 사람만의 기술이라는 것을 알게 됐다. 알고 보니 푸드스타일리스트가 되기 위해 공부한 경험이 있다고 했다.

음식 사진을 찍는 그녀의 기술이 함다에서는 인물 사진을 찍는 데 요긴하게 쓰였다. 생초보였던 우리는 모두 카메라를 들이대면 얼굴이 얼어버렸다. 심지어 증명사진도 아닌 바디프로필이다 보니, 손을 어디에 둬야 할지, 어떤 자세로 서 있어야 할지 내 몸뚱이를 도대체 어떻게 포지셔닝해야 할지 모르는 게 당연했다.

이 곤혹스러운 상황 앞에서 오예스 님이 구세주 같은 손길을 내밀었다. 그녀는 포즈를 잡아주고 표정을 자연스럽게 지을 수 있도록 코치해 주었다. 덕분에 우리는 완벽하지는 않지만 적어도 덜 어색한 각자만의 포즈를 만들어냈다. 그리고 파이널 2기에는 더 나아가 미리 콘셉트 사진을 모아 보드 게시판을 만들어서 가져다 놓고 현장에서 콘셉트를 함께 의논할 수 있도록 했다. 1기에는 마음으로 재능기부를 했다면 2기에는 전문가적인 손길로 제대로 터치를 받았다. 그 결과 혼자서라면 절대 불가능했을 인생 사진을 얻을 수 있었다.

비키니요정이라는 닉네임의 선수 출신 새롬코치는 천성이 밝고 긍정적이고 에너지가 많아 뭐든 운동에 대해 질문하면 최선을 다해 섬세한 코칭을 해 주었다. 자태부터 천사 같은 하람 영양사는 개인에게 맞는 식단을 짜주고 칼로리와 영양에 관한 질문은 뭐든 친절하게 개인맞춤형으로 대답해 주었다.

이 모든 것이 일이나 책임감의 영역이었으면 나올 수 없는 에너지였을지도 모른다. 운동과 몸관리에 관심을 가진 사람들이 모이니 모두의 목적인 바디프로필 촬영을 위해 다들 자신의 재능을 아낌없이 사용했다.

나는 이곳에서 참 좋은 사람들을 많이 만났다. 운태기가 왔을 때 급조된 만남에서 많은 위로를 해준 둥개 님, 힘들다고 징징거리니 회사 휴가를 내고 달려 나와 이런저런 푸념을 들어주시던 진실 언니, 멀리 살지만 꼭 만나서 밥 사주고 싶다고 하셨던 으랏차차 님, 그 외에도 자신 없어 하는 나에게 "스텔라 님은 이미 함다의 연예인이신

데, 포기하시면 저희는 어떡해요." 하며 열심히 비행기를 태우며 조련해서 내가 끝까지 포기하지 않을 수 있게 도와준 모든 멤버들에게 이 자리를 빌려 뜨거운 감사와 애정을 전하고 싶다.

운동으로
인생을 새로고침

운동을 해야 하는 이유 찾기

내가 바디프로필을 촬영한 후 주변에서 복근은 만드는
데 얼마나 걸리는지, 운동은 어떻게 해야 하는지 물어보
는 일이 늘었다. 사실 나는 운동 전문가가 아니라 어떤 답
도 속 시원히 할 수가 없다. 언뜻 쉬운 질문 같은데, 막상
답하려면 도움이 될만한 답이 나에겐 없는 경우가 많다.

사실, 어떤 운동이 나에게 좋은지는 직접 해봐야만 알
수 있다. 운동 루틴이라는 것도 개인 상황과 몸에 맞게 짜
야 해서 전문가가 아닌 입장에서 운동 팁을 주기란 참 어
렵다. 나는 내 몸밖에 모르고 때론 내 몸조차도 잘 모를

때가 있으니 말이다. 그러나 지금은 전문가에게서 배우는 시대가 아니라 초보가 왕초보에게 노하우를 나눠주는 시대라 하니 초보적인 입장에서 얘기하자면 이렇다.

일단, 확실하게 말해 줄 수 있는 것은 운동해야 하는 자신만의 당위성과 이유를 먼저 찾아야 한다는 것이다. 당위성이 있어야 지속적인 몸관리가 가능하다. 운동은 결과가 보이지 않는 지리멸렬한 행동을 반복해야 성과가 드러나는 일이기에 더욱 '내가 이것을 통해 꼭 이뤄내고 싶은 구체적인 목적'을 찾아야만 한다. 도저히 모르겠으면 그냥 '100일 후에 체질량 지수 얼마, 근육량 몇 kg 등의 목표로 세우고 그 100일의 루틴을 지켜내면 된다. 혹은 바디프로필 촬영을 예약 걸어버리고 촬영일까지 어떻게든 목표에 도달하기 위해 운동하는 것도 좋은 방법이다. 이것만으로 부족한 것 같다면 함다처럼 '다이어트를 함께 하는 믿을만한 집단과 시스템'에 나를 집어넣으면 된다. 때론 그것을 지키는 과정에서 내가 운동을 하려고 한 이유를 찾기도 하니 순서는 상관이 없다.

나는 아름다운 몸매를 사랑하는 내부의 깊은 욕망을 만나 그것을 실천에 옮기려 의지를 불태운 케이스다. 그리고 글 쓰는 부모 작가들과 연대하고 싶은 꿈을 현실로 이루고, 아이들도 잘 키우고, 책도 쓰고, 지금 운영하는 모임의 리더로도 계속 성장해 나가고 싶다. 이 모든 것을 이루기 위해서는 공통적으로 단단한 체력이 필수적이다. 체력 없이는 이 모든 계획이 사상누각이라는 것을 누구보다 잘 이해하고 있기에 운동과 체력관리는 나에게 선택의 영역이 될 수가 없다. '그렇다면 어떻게 지속가능한 체력관리 방법을 찾을래?'라고 묻는다면 그것은 사람마다 다르다고 말하고 싶다.

100명의 다이어터가 있으면 몸관리를 하는 이유도 100가지가 있다. 할머니가 되어서도 술을 실컷 마시기 위해 운동한다는 사람도 있었다. 마라톤을 뛰기 위한 기초체력을 만들기 위해 운동을 하던 멤버도 있고, 친구와 내기에서 이겨 쇠고기를 얻어먹기 위해서 하는 사람도 봤다(이게 남편 얘기인 건 안 비밀이다).

나를 빛나게 하는 칭찬

앞에서도 이야기했지만 함다 멤버들은 나를 제외하면 모두 사회에서 한 자리씩 차지하고 있는 사람들이었다. 당당한 사회인 가운데 홀로 끼어 있는 전업주부의 초라함을 가정시스템 메이커니, 글쓰기 모임의 리더니 하는 이름으로 포장하려고 애썼지만, 그 안에는 작게 웅크린 꼬마가 소심하게 앉아 있었던 게 사실이다. 그러나 우리 멤버들은 그 웅크린 아이에게 진심으로 사랑과 관심을 불어넣어 주었다. 칭찬은 고래도 춤추게 한다고 했던가. 나는 칭찬의 힘으로 더 힘차게 일어나 운동하고, 아이 키우고, 또 새벽에 일어나서 글을 쓰며 출간 기획서를 만들어 출판사마다 투고 메일 보내기를 계속할 수 있었다.

이 책을 쓰기 시작하면서부터 제일 좋은 점은 내가 다시 몸관리에 긴장을 갖기 시작하고, 바디프로필 당시 정점의 몸매로 돌아가기 위해 노력하게 되었다는 것이다. 바디프로필 경험을 책으로 쓰는 와중에 정작 내 몸은 한없이 풀어져 있었던 것은 아닌지 나를 다시 돌아보게 되었다. 글과 몸은 거짓말을 못 하는 이유다.

현재 나는 다시 함다 9기에서 함께 운동 중이다. 생각보다 글이 안 써지는 구간에는 일어나 운동을 하기도 하고 매 끼니 다시 식단 인증을 하면서 생활 속에 운동을 최대치로 넣어보려 애쓰는 참이다. 그리고 이 원고 작업이 신나는 또 하나의 이유는 행복했고 가장 나다웠던 시절 함께 깊은 정을 나눴던 함다파이널 1기 멤버들과의 추억을 다시 되새길 수 있어서였다. 최근 공간에 대한 고민을 현실화해서 '글벗살롱'이란 이름으로 만남의 장소도 마련해 두었다. 책이 나오면 출간을 핑계로 함다 파이널 멤버 전원을 소환해 만나서 그 시절 이야기를 나누고 싶다. 아마 밤이 새도 모자랄 이야기가 될 것 같다. 황홀한 구간을 넘어선 이들과 지난 소회를 나누는 자리일 테니 맛있는 술과 안주와 추억이 필수다.

오하운(오늘 하루 운동) 말고
우모운(우리 모두 운동)

최고의 운동메이트는 가족

다이어터들이 가장 두려워하는 것, 바로 요요현상. 한 번 몸매를 만들어 몸이 어느 정도 자동 관리 시스템이 돌아가는 궤도에 올라섰다 하더라도 그것은 어디까지나 꾸준한 관리가 동반될 때의 이야기다. 몸매 유지뿐 아니라 건강을 위해 운동은 평생의 친구다.

꾸준한 운동을 위한 가장 좋은 동반자는 내 경우에는 바로 가족이었다. 가족의 지지와 동참 속에서 건강은 건강을 낳는다. 시간을 따로 내어 운동하기가 어려우니 틈새 운동을 하는 습관을 들이기로 마음먹었다. 그래서 나는 가족 틈새 운동 시스템을 만들었다. 가정 내에 운동하는 분위기를 잡으면 이상한 눈길을 받을 필요 없이 집 안 어디서나 틈틈이 운동하고 가족이 서로를 도와주는 운동 메이트가 될 수 있다.

네 남매와 운동하기

아이들은 내가 윗몸일으키기를 할 때 다리를 잡아준다. 그러다가 서툴지만 자기들도 나를 따라 운동을 하고 있다. 둘째는 요즘 브릿지의 한계에 도전하는 희한한 자세에 빠져서 틈만 나면 몸을 새우처럼 거꾸로 뒤집는다. 셋째는 문틀 운동을 좋아한다. 팔과 다리의 힘으로만 문틀을 타고 올라가는데, 처음엔 중간쯤 가고 떨어지더니 지금은 올라갔다 내려왔다 자유자재. 스스로 개발한 방법이라 더 애착이 가는지, 노상 문틀에 매달려 팔과 다리의 근력을 키우고 계시고 가족들에게도 열심히 가르쳐준다.

별일 없는 주말엔 운동과 등산으로 체력을 다지려고 노력한다. 특히 집에 함께 있는 일이 대부분인 요즘, 잠깐이라도 땀을 흘리고 아니고에 따라 집안 분위기가 많이 달라진다.

가끔은 맨발로 산길을 걷기도 한다. 부모 강연에서 '맨발 걷기의 효능'을 알게 된 후 정말 감탄을 금치 못했다. 일전에 다큐멘터리에서 일본의 한 시골 유치원에서 영재들을 많이 배출한 원인이 맨발 걷기라고 분석한 것을 보았다. 이후 맨발 걷기의 신봉자가 된 엄마와 그를 추종하는 네 남매는 동네 뒷산에 올라 자주 신발과 양말을 벗어 던진다. 이루 말할 수 없는 시원함과 개운함이 동반된다. 걸으면서 이런 얘길 해줬다. "2시간 공부하는 것보다 20분 맨발 걷기 하는 게, 너희가 더 훌륭한 사람이 되는 지름길이다"라고. 엄마 말을 믿어서인가, 훌륭한 사람이 되고 싶어서인가. 절대 신발을 벗지 않던 두 녀석도 따라 벗는다. 이제 5명이 맨발로 졸졸 산길을 걷는다.

아이들을 움직이게 하기 위해선 내가 먼저 몸관리에 재미를 붙일 필요가 있다. 다른 사람들과 함께하니 적어도 '에라 모르겠다. 오늘은 포기'라는 말은 안 하게 된다. 아이들에게도 운동하라는 말을 100번 하는 것보다 엄마가 솔선수범해서 같이 걷고, 뛰는 것이 더 효과가 좋다. 특히 내기를 걸고, 아슬아슬하게 승부가 나고, 이를 갈며 다음을 기약하는 시스템은 아이들의 승부욕을 자극해 체력을 키워준다. 물론 내 운동도 되니 금상첨화다.

인생 동반자의
운동 코치는 바로 나

결혼 전 내가 아무것도 가진 것 없는 남편과 결혼하면서 내건 조건은 딱 하나였다. 지금 몸무게에서 딱 10kg을 감량한 75kg의 몸으로 결혼식장에 들어갈 것. 당시 우리는 유학생이었고 집은 고사하고 차도, 심지어 직업도 없었다. 나는 그저 증표가 필요했다. 필요 이상의 체중은 시작도 하기 전에 패배감부터 주니 제발 표준 몸무게를 만들어 새 삶을 시작하자고, 이것 하나만 지켜달라고 설득과 회유, 아니 사실 협박을 했다.

75kg을 못 만들면 결혼식장에 못 들어올 줄 알라는 애교 섞인 설득의 수준을 넘어선 협박 덕분이었을까? 그는 기어코 75kg의 목표를 달성했다. 운동이라고는 숨쉬기 운동과 술잔을 꺾기 위한 손목 관절 운동밖에 안 하던 사람이 생전 처음으로 헬스장에 등록하고 동네를 뛰고 어설프지만 근력 운동과 덤벨 운동을 하고 어렵다는 식단 조절까지 해서 그 몸을 만들어낸 것이다.

그러나 그날을 기점으로 그는 꾸준히 잃어버렸던 체중을 회복하기 시작하더니 결혼한 지 1년, 아니 반년 만에 원래 몸무게를 그대로 회복하셨다. 가히 경이적이었다. 내가 틈만 나면 지키지 못한 몸무게로 쌈닭처럼 시비를 걸었지만 그는 억울함을 호소했다. "나는 당신이 해 주는 밥만 먹었는데 저절로 이렇게 된 걸 어떡하라고요."

사실 거기에는 어느 정도 내 책임도 있었다. 나는 그를 굶길 만큼 모질지 못했다. 오히려 먹는 것을 너무나 좋아하는 그가 타지에서 오랜 유학 생활로 먹고 싶은 것을 제대로 못 먹은 것이 안타까워 더 먹으라고 종용하는 스타일에 가까웠다. 나는 남자가 뚱뚱한 것도 못 봐주지만 깨작거리는 것은 더 못 봐준다는 확고한 신념이 있었다.

그럼 대체 뭘 어쩌란 말이냐고? 먹을 것은 먹고 운동을 해야지!

여튼 나에게는 그의 건강을 지켜야 할 의무가 있다. 노년에 내 가장 가까운 곳에서 나랑 여행 다니고, 놀고, 수발을 들어줄 사람도 남편뿐이지 않은가. 그래서 전략을 짜기 시작했다. 첫 번째 전략이 함다 2기에 살살 꼬셔서 넣기. 나는 함께하는 것의 힘을 믿었고 더 이상 나와 1대 1 코칭을 통한 다이어트는 희망이 없어 보여서 쓴 전략이다. 결과는 100% 성공. 약 10kg을 빼고 거의 10년 만에 앞자리 7을 탈환시키는 데 성공했다. 대단한 성과다. 그런데 이번에도 또 바디프로필 촬영이 끝나는 날부터 세상 모든 음식을 흡입하기 시작하더니 함다 대장과 술친구가 되어 '보스턴레드싹쓰리'라는 해괴한 그룹을 결성하기까지 했다. 그리고 서로의 집을 오가면서 술을 마시기 시작했다.

아무리 해도 나아지지 않고 다람쥐 쳇바퀴 돌고 있는 것 같을 때면 "에이, 모르겠다! 네 몸 네가 알아서 해!"라고 소리를 지르고는 다시는 그의 몸관리에 신경을 쓰지 말아버릴까 하는 생각도 든다. 하지만 불가능한 생각인 것을 안다. 내가 절대 포기할 수 없는 사람이 나 자신을 제외하면 바로 내 남편이니까.

부부의 건강 관리는 하나

그동안 내가 그를 다이어트에 성공시키려고, 운동을 하게 하려고 내걸었던 공약만 세어 봐도 족히 100개는 될 것이다. 한숨이 나온다. 하지만 서로의 다름을 이해하기로 했다. 그리고 그와 나는 체질적으로 다른 사람이라고 이해의 지평을 조금 넓혀보기로 한다. 내가 봐도 나는 그보다는 체질이 좀 더 운동에 적합하고 살이 덜 찐다. 그는 쉽게 살이 찌는 체질이다. 앞서 말했듯이 사람의 상황과 타고난 체질은 모두 다르고 그에 따라 운동 방법도 달라져야 한다.

부부의 건강은 함께 챙기고 움직여야 의미가 있다. 나 혼자 아무리 건강해도 남편이 노후에 아프다면, 혹은 그 반대가 된다면 자신의 건강한 체력을 배우자의 간병에 모두 소진하는 웃지 못할 상황이 벌어질 수 있다. 따라서 배우자의 건강에 신경 쓰는 것은 둘의 미래를 위한 최고의 투자라 할 수 있다.

한 집에서 같은 식단과 일상을 공유하는 사이. 부부보다 더 좋은 운동메이트가 있을까? 잔소리하기 귀찮고 싫어도 포기하지 말자. 포기라는 단어는 배우자의 건강 앞에서는 절대 쓸 수 있는 단어가 아님을 오늘도 다시 한번 새겨본다.

몸 리셋으로
마음도 리셋

바디프로필을 찍은 후 한동안 나는 아무 실감도 할 수 없었다. SNS에서 자주 보던 바디프로필. 그런 걸 내가 직접 찍게 될 줄이야. 참 길고 긴 시간이었던 것 같기도 했고 눈 깜짝할 새 지나가버린 것 같기도 했다.

정말 끝난 건가? 이제 뭘 해야 하지? 사진 몇 컷을 남기고 모든 여정이 마무리되었다고 생각하니 뿌듯하기보다는 허탈함이 밀려들었다.

100일의 출사표를 걸고 시작한 이 프로젝트는 여름을 뚫고 기나긴 사연을 이겨내고 나름 만족할 만한 몇 컷의 사진을 얻었다. 그리고 내가 평생 이상향이라고 생각했던 비율의 인바디 수치를 가지게 됐다.

시작은 아주 사소했다. 무언가에 이끌리듯이 시작하게 된 '함께 운동하는 모임' 블로그에 '함께할게요'라고 댓글을 하나 달았을 뿐이다. 평소 운동과 아름다운 몸에 대한 갈망을 가진 내가 비슷한 목적을 가진 사람들과 만나니 바디프로필 사진이라는 결과물을 얻을 수 있었다.

그리고 100일 동안 참 많은 어려움과 좌절할 만한 사건 속에서도 나는 나와의 약속을 끝까지 지켜내기 위해 노력했고, 그 노력은 소기의 목적을 달성하면서 대미를 장식했다. 1기에서는 내 마음에 쏙 드는 내 몸 사진, 2기에서는 부부가 함께 몸관리를 예쁘게 해서 찍은 우리 가족 인생 사진이었다. 몇 장의 사진보다 더 중요한 것은 바디프로필을 준비하며 울고 웃었던 100일간의 시간과 내가 할 수 있다는 자신감이었다.

엄마이기 이전에
나는 그냥 나다

아이들 삼시세끼를 차려주면서도 부단히 내 식단을 지키려 노력했던 일상, 코로나로 여섯 가족이 집에서 부딪히며 힘들었던 시간에도 끝내 포기하지 않고 100일의 운동을 마무리 지은 몸이라는 자부심은 나를 새로운 세상이라는 무대에 올라서게 해줬다.

내가 바디프로필로 얻은 것은 보여주기 위한 사진만이 아니다. '나도 할 수 있다'라는 믿음이 생겼다. 누가 보면 별거 아닌 사진 몇 장, 그것도 화려하고 예쁜 연예인들의 프로필 사진에 비하면 아무것도 아닐지 모른다. 그러나 나는 나름의 고난과 역경(?)을 딛고 사연 있는 몸매를 만들어냈다는 것에 큰 자부심을 품는다.

바디프로필을 촬영한 후 엄마들이 나에게 수없이 물어왔다.

"어떻게 하면 그렇게 할 수 있어요?" 내 대답은 정해져 있다. "일단 시간을 정해두고 운동을 하세요. 그게 여의치 않으시면 틈틈이 걷기라도 하세요."

내가 이렇게 말하면 열에 아홉은 난처한 기색으로 대답한다. "생각은 있는데…… 집에서는 운동이 안 되고, 밖에 나가서 운동하자니 아이를 두고 나갈 수가 없어요."

이해한다. 나도 아이를 키우는 엄마로서 그녀들이 고민하는 것이 어떤 상황인지 눈을 감고도 그려볼 수 있을 정도로 생생하게 안다. 오늘 하루도 전쟁터 같은 육아의 현장에서 치열하게 살아가는 그들에게 변명만 늘어놓지 말고 당장 실천에 옮기라고 다그치는 것은 현실을 조금도 고려하지 않은 너무 부당한 처사라는 것도 안다.

하지만 다른 방법은 없다. "책을 쓰려면 어떻게 해야 해요?"라는 질문에 수많은 답이 있겠지만 결국 "매일 써야 해요"라는 답을 들려줄 수밖에 없는 것처럼, "아이는 어떻게 하면 잘 키울 수 있나요?"라는 질문에는 "아이와의 하루하루를 잘 살아내요"라는 대답뿐인 것처럼, "어떻게 몸을 만들어요?"라는 질문에는 개인차는 있겠지만 결국 "매일 적게 먹고 많이 움직여야 한다"라는 답밖에는 들려줄 수가 없다.

결국 중요한 것은 나 자신이 어떻게 살고 싶은지 아는 것이라 생각한다. 그저 누군가의 엄마라는 위치에 만족할 것인지, 아니면 그것을 넘어 성취감을 느낄 만한 무언가에 도전하고 싶은 것인지. 그것을 알아야 내가 원하는 방향으로 내 몸을 다듬는 일에 한 발자국을 내디딜 수 있지 않을까?

꿈을 이루기 위해 체력은 필수

입에 발린 말은 하기 쉽다. 나처럼 귀 얇고 사람을 잘 믿는 사람은 현혹되기도 쉽다. 너무 감동적인 강의를 하던 사람이 알고 보니 인성이 별로인 경우, 책에서 그렇게 통찰력 있던 작가가 실생활과 글이 너무나 달라 실망을 주던 일. 이런 일들을 겪다 보니 직접 만나서 느껴지는 그 사람의 태도를 보게 되고, 그것만을 믿는 습관이 생겼다. 이 태도에는 자기 몸을 대하는 자세도 포함된다. 그가 경험한 이야기는 그 시점에서 모두 과거다. 그가 말하는 비전은 아직 일어나지 않은 미래의 일이다. 그의 현재만이 지금 그 사람을 말해준다. 이 단순한 사실을 알게 된 것이다.

나는 원대한 꿈과 올바른 생활 태도를 가진 사람은 꿈을 이루기 위한 남과 다른 특별한 에너지가 필요하고, 그 에너지는 '운동'으로 표출되게끔 되어 있다고 믿는다. 책을 많이 읽었다고 다 성공하는 건 아니지만 성공한 사람을 살펴보면 대체로 책을 많이 읽었다고 하는 것처럼, 운동을 열심히 한다고 다 성공하는 건 아니지만 성공한 사람들은 대부분 운동 마니아다.

전업 작가를 꿈꾸며 글쓰기를 소명으로 삼고 살기로 결심한 나는 걸출한 작가들은 어떻게 자신을 관리하는지 관심이 갔다. 그랬더니 글을 잘 쓰는 사람은 모두 다 자신만의 운동 루틴을 가지고 있다는 사실을 알게 됐다. 체력

이 돼야 양질의 글이 나온다는 것을 자각하고 자기에게
맞는 최적의 운동을 찾고 이것을 유지하기 위한 노력을
멈추지 않은 결과, 훌륭한 작품으로, 베스트셀러의 탄생
으로 이어지는 것이다.

몸이 먼저다

나는 무엇보다 운동과 건강을 중요하게 생각하시는 부
모님 밑에서 태어나 운동과 자기관리는 필수라는 생각이
뼛속 깊이 각인되어 있었다. 그런데 출산이라는 몸의 전
환점과 만나니 그동안 내가 알던 몸의 공식이 모두 무용
지물이 되었다. 나는 내 몸을 지키기 위해 '임산부로서,
엄마로서의 몸에 대한 태도'를 다시 공부해야 했다. 유난
히 아이들에게 화가 많던 내 양육 태도를 바꾸기 위해 정
말 피나는 노력을 했다. 그 과정에서 '부모의 기분에 따라
눈치를 봐야 하는 가정환경'을 만들어 놓고 그 안에서 못
견디겠다고 울부짖는 내가 보였다. 내가 절대 하지 않겠
다고 수차례 다짐한 일이었다.

그래서 처음에는 책을 읽었다. 눈에 보이는 대로, 닥치
는 대로 육아서를 섭렵했다. 그러나 책에서 배운 것을 실

생활에서 적용해 보는 것도 잠시뿐 어느 순간 자꾸 원점으로 돌아왔다. 절대 화내지 않겠다고 다짐하고 뒤돌아서서 감정 조절에 자꾸만 실패하는 나 자신이 싫어지기 시작했다.

모를 때는 몰라서 그렇다고 할 수가 있는데, 알고 나서도 고쳐지지 않는 것은 정말 괴롭고 죄책감이 들었다. '앎과 행동이 다른 최악의 엄마'라며 머리를 쥐어뜯던 어느 날 서점에 갔다가 《몸이 먼저다》라는 제목의 책을 발견했다. 겉표지만 보았을 뿐인데 뒤통수를 한 대 빡, 맞고 깨달음을 얻은 듯 내가 그간 잊고 살던 감각이 모두 되살아났다.

맞다. 운동이라는 게 있었지. 나 운동 되게 좋아하는 사람이었지.

좋은 엄마가 되기 위해서는 더 많이 배우고 더 많이 알아야 한다며 꾸역꾸역 과도한 지식을 집어넣다 보니 과부하가 걸린 상태라 내가 좋아하던 것도 잊고 있었다. 그러니 감정도, 이성도 오작동을 일으킬 수밖에.

나는 먼저 몸을 움직여서 내 것으로 소화할 것은 소화하고, 배설할 것은 배설시켜 덜어내는 작업을 해야 했다. 이것을 알고 나서 운동을 시작한 이후로는 육아할 때 감정 조절이 훨씬 쉬워졌다. 그리고 전에 향하던 곳보다 훨씬 나은 목적지를 향해 나아가고 있다는 것을 느꼈다. 그렇게 난 운동이 힘들지만 마지막 한 번의 동작이라도 더 하려 노력하는 사람으로 발전하고, 어제보다 오늘 조금 더 나은 내가 되고 있다.

집콕 생활 속
틈새 운동 꿀팁

화장실 스쿼트

나는 하루에 적어도 대여섯 번 화장실에 간다. 화장실에 갈 때마다 내 몸을 위해 스쿼트를 30개씩 하고 나온다. 함다에서 알게 된 틈새 운동 팁이었다. 어차피 갈 화장실에서 단 2분만 더 머물러 얻을 수 있는 운동량의 총합은 생각보다 많다. 처음에는 나도 화장실에서 스쿼트를 한다는 게 어색하고 우스웠는데, 뭐, 어때? 아무도 안 보는데 내가 앉았다 일어났다 몇 번 하는 게 무슨 대수냐는 마음으로 눈 딱 감고 시작했다.

처음에는 10개로 시작했는데, 하면 할수록 개수는 늘

어나고 따로 하체운동을 하지 않아도 허벅지가 단단해지는 기분이 든다. 늘 긴장 상태를 유지하는 느낌이랄까?

방법은 아주 간단하다. 화장실 변기에 닿을 듯 말 듯할 정도의 깊이로 앉았다 일어났다를 반복하는 것이다. 변기의 역학적인 위치가 잘못된 자세로 스쿼트하는 것을 자동으로 방지해 준다. 화장실은 내 몸과 허벅지 근육에만 집중할 수 있는 최적의 공간이다.

다만 남자 멤버들은 이 이야기를 듣고 불만을 터트렸다. 남자의 소변기 앞에서는 불가능한 거 아니냐는 것이다. 칸막이로 들어가라는 의견에는 "그러면 잠깐씩 와서 게임하면서 쉬는 직장동료들에게 욕먹기 십상이다"라며 항변했다. 미안하지만 남자의 화장실 생활까지는 우리가 어찌해 줄 도리가 없다며 단톡방에서 한바탕 웃었던 기억이 난다.

발목 줄넘기

발목 줄넘기라는 것이 있다. 한쪽 끝이 곤봉처럼 생겼고 또 다른 끝에는 동그란 고리가 달려 있다. 동그란 고리에다 한쪽 발을 넣고 원심력을 이용해 돌린다. 그렇게 박자에 맞춰서 축이 되는 발을 돌리며 다른 발로는 점프를 하면 되는 운동이다. 일반적인 줄넘기가 팔을 돌리면서 줄을 넘는다면 발목 줄넘기는 손목으로 돌리는 대신 한쪽 발목을 중심축으로 이용해서 돌리기 때문에 온전히 다리 운동에 집중할 수 있다.

만만하게 보고 100번 돌렸다가 숨이 넘어갈 뻔한 후로 발목 줄넘기의 효과에 감탄했다. 가족들끼리 누가 더 많이 하나 내기를 해도 재미있다. 단, 즐겁게 운동하자고 시작했다가 아이들끼리 싸움으로 쉽게 변질될 수 있으니 아이들과 할 경우에는 주의해야 한다.

햇반 데우는 시간에 플랭크

햇반이든 간편 조리식이든 전자레인지에 음식을 데우는 데 보통 2분 30초 정도 걸린다. 딱 플랭크 한 타임 하기 좋은 시간이다. 전자레인지 전자파가 안 좋다 하니 살짝 거리를 두고 어깨 플랭크나 팔꿈치 플랭크를 시행한다. 등에 판판한 네모 판자를 얹었다고 생각하고 허리부터 등까지 일자로 꼿꼿하고 평평하게 만들고 그 상태를 유지하는 것이 관건이다. 처음에는 1분도 쉽지 않았지만 정말 신기하게 하면 할수록 는다. 습관적으로 엎드려 뻗친 자세만 자주 해주어도 척추뼈가 정렬되고 코어 근육에 긴장감이 생긴다. 다이어터에게는 복부지방 연소를 도와주고, 유지어터에게는 복근을 유지하게 해주는 좋은 습관이다.

처음에는 햇반을 돌리는 2분여의 시간이 이토록 길게 느껴질 수가 없었다. 처음부터 성공하길 욕심내지 말고 꾸준히 시도하면 성공하는 날이 온다. 나는 하루에 적어도 서너 번은 전자레인지를 쓰는데 그때마다 플랭크를 한다면 그 자투리 시간만 모아도 훌륭한 코어 근육 단련 시간이 된다. 나는 가끔 글이 안 써지거나 새벽잠이 안 깰 때 좋아하는 노래를 크게 틀어놓고 그 노래가 끝날 때까지 플랭크를 하곤 했다. 노래 한 곡의 시간과 햇반 데우는 시간은 비슷하다. 음악의 힘인지 왠지 모르게 음악이 끝날 때까지 버티는 것에 성공할 확률이 전자레인지 알람음을 들었을 때보다 높았다. 어쨌든 어떤 상황에서 자동 반사적으로 운동을 할 수 있게 생활 속에서 습관화하면 된다. 홈트가 별거 있나. 이게 바로 생활 속 홈트다.

더 나은 삶을 위한
운동 예찬

아름다워지고자 하는
본능에 충실하다

사람은 누구나 아름다움에 끌린다. 이것은 유전자에 박혀 있는 본능이기 때문에 거부할 수 없다. 나도 아름다운 것을 참 좋아한다. 그런데 저마다의 '아름다움'의 기준은 모두 다르다. 나는 어느 순간부터인가 '아름다운 여자의 라인'에 천착하는 희한한 취미를 가지게 됐다. 육아가 너무 힘들 때 그 어떤 수단으로도 가라앉지 않던 마음이 아름다운 여자의 몸을 보다 보면 안정을 찾았다.

바로 이 지점에서 나는 내가 운동할 수 있는 동기를 찾

아녔다. 나는 유달리 S라인에 집착하는 여자였고 내면의
이 욕망을 건드려 운동할 이유와 바디프로필을 찍어야
할 동기를 얻을 수 있었다.

남들에게 자랑스레 말하기엔 조금 부끄러운 동기일
지 모른다. 단순한 동경을 넘어서 여자가 같은 여자의 몸
매에 열광하고 심지어 힘든 순간을 이겨내는 원동력으로
삼다니. 특히 여자에게 암묵적으로 강요되어 왔던 날씬
한 몸매에 대한 강박에서 벗어나 있는 그대로의 나 자신
을 사랑하자는 흐름이 대세인 요즘에는 더욱 그렇다.

그러나 나는 운동을 통해 예쁜 몸매를 만드는 것 역시
진정으로 나 자신을 사랑하는 방법이라고 생각한다. 쉬
고 싶은 것, 먹고 싶은 것을 참아가며 몸을 만드는 일은
결코 나를 사랑하지 않는다면 해낼 수 없다.

나는 아름다워지고 싶다. 다른 사람들이 내 몸매를 보
고 감탄했으면 좋겠고 어떤 카메라 앞에서도 당당하게
나를 드러내고 싶다. 이것이 나의 솔직한 욕망이다.

남들이 보기에 유치해도 상관없다. 나만의 이유를 찾
는 것은 중요하다. 모든 사람이 나와 같은 동기가 있지는
않을 것이다. 그렇다면 모두 각자의 동기를 찾으면 된다.
나의 폐부를 확 건드려서 '그것만 이룰 수 있다면 난 운동

을 하겠어!'라고 다짐하게 되는 계기 말이다. 나는 자신만의 이유가 명확한 사람만이 끝까지 포기하지 않고 해내는 것을 여러 차례 목격했다.

때로는 보이는 것이 전부다

자기계발을 하겠다고 세상 밖에 나와보니 정말 별천지였다. 세상엔 성공한 사람들이 왜 이리 많은지. 나도 아이 네 명을 내리 키웠는데 못할 게 뭐가 있겠어 하고 호기롭게 덤볐다가 깨갱할 일이 천지인 세상이었다.

여전히 나는 나이고, 나만의 색깔로 빛나고 있기에 내가 겪은 경험만으로도 많은 이야기를 써낼 자신이 있노라고 스스로 주문을 걸며 버텨냈다. 그러나 내가 살아온 치열한 삶에 사람들은 그다지 관심이 없다는 것을 알게 된 순간, 여태껏 열심히 그린 도화지를 뺏기고 새 도화지를 받은 어린아이가 된 기분이었다.

너무나 많은 정보가 빠르게 돌아가는 세상에서 뒤처지면 안 될 것 같은 조급함은 내 인생에 완성도를 높여주기는커녕 더 갉아먹기 시작했다. 진짜 정보, 진짜 사람. 선별이 제일 중요한데 그게 제일 어려웠다.

그래서 다시 내 안에서 답을 찾기로 했다. 내 몸부터 움직여 보기로 한 것이었다. 그리고 그 시도는 적중했다. 내 삶은 운동과 함께 안전지대를 찾았다. 적어도 내 인생의 축을 만들어 놓은 듯한 안도감이랄까. 운동으로 어느 정도 몸을 다져 본 사람들은 이 느낌을 알 것이다.

때로는 눈에 보이는 것으로 나를 증명해야 할 필요가 있다. 눈에 보이지 않는 나의 삶은 안타깝게도 아무도 알아주지 않지만 내 몸으로 극적인 변화를 보여주면 사람들도 돌아본다. 눈에 보이는 것만 본다니 씁쓸하게 느껴질 수 있지만 그렇게 생각할 필요 없다. 나와 가장 가까운 내 몸을 변화시킬 수 있는 사람은 무슨 일이든 해낼 수 있는 법이니까.

오늘도 나는 운동을 한다

전에 살던 아파트 단지에서 아이들 넷을 데리고 틈만 나면 달리기 트랙을 돌던 때가 있었다. 움직였다 하면 원체 눈에 띌 인원이기도 해서인지 나도 모르는 사이 동네방네 소문이 났었나 보다. 여느 때처럼 재밌는 구령 붙이기를 하면서 네 아이들과 한창 신나게 뛰는 중이었다. 뭔가 시끌벅적해진 느낌에 뒤를 돌아보니 대충 세어도 열댓 명이 넘는 동네 아이들이 내 뒤에 꼬리를 달고 뛰고 있는 게 아닌가. 그때 어찌나 놀랐는지 모른다. 그렇게 얼떨결에 긴 꼬리를 단 채 한동안 달리기를 계속했다.

그 뒤로도 달리기를 할 때면 어김없이 아이들이 따라붙었다. 나중에서야 네 남매네 엄마가 바깥에 운동하러 나왔다는 소식이 들리면 동네 엄마들이 자기 아이들을 놀이터로 서둘러 내보냈다는 후문을 들었다.

나는 오늘도 어김없이 새벽에 글을 쓰기 위해 일어난다. 커피 한 잔으로 새벽을 깨우고 그래도 머리가 멍하면 노래 한 곡이 끝날 때까지 플랭크를 하며 잠을 쫓는다. 나 자신을 위해, 내 꿈을 위해 때로는 지치고 포기하고 싶은 마음을 매 순간 이겨내며 생활 속에서 틈틈이 구슬땀을 흘리며 운동하고 식단 조절을 한다. 몸은 매우 정직해서 나의 행동거지와 생활 습관에 철저하게 반응하기 때문이다. 그래서 나는 내 몸을 끊임없이 살피며 내가 욕망하는 탄력 있는 몸을 유지하기 위해, 내가 하고 싶은 일을 할 때 체력 때문에 주저앉지 않기 위해 쉬지 않고 노력한다.

그리고 나는 이 경험이 나 혼자만의 것으로 끝나지 않

앉으면 좋겠다. 나의 바디프로필 도전기는 이미 오래전 끝이 났고 지금은 사진 몇 장으로 남은 추억이지만 누군가 나의 결실을 보고 자신도 할 수 있다는 용기를 얻기를 바란다. 내 뒤를 따라 신이 나서 달리기 트랙을 돌던 그 동네 아이들처럼 내 도전기를 지켜보고 트랙으로 들어온다면 더할 나위 없는 영광이겠다.

그렇게 꼬리에 꼬리를 물고 모두 함께 인생의 달리기 트랙을 돌게 되는 그날까지 멈추지 말고 헛둘헛둘.

어딘지 정확하지 않지만
더 멋진 곳으로

나의 키는 162cm다. 몸무게는 오늘 아침 기준 51.2kg. 바디프로필 당시 48kg보다 3kg 정도 불었다. 여전히 매일 새벽 몸무게를 재는 것으로 하루를 시작하지만, 가열차게 달렸던 작년의 그 상태를 그대로 유지하고 있지 못하다는 점에서 실패한 유지어터라고도 할 수 있다.

하지만 나는 안다. 나는 평생을 두고 몸무게 앞자리 4를 사수하기를 시도할 것이며, 닿을 듯 닿지 않는 그 49~50kg 언저리에서 살면서 몸에게 좋은 음식과 운동이라는 일상을 선물해 줄 것이라는 것을.

지금은 원고 작업과 새벽 집필로 누적된 어깨 고통으로 그나마 하던 필라테스도 그만두고 어깨를 안 쓰는 홈트로 최소 운동량을 겨우 유지하고 있다. 이런 내가 못 미더워 함다 9기에 나를 집어넣었고 이 글을 쓰는 2021년 현재도 그 모임은 진행 중이다. 이제 나에게 운동과 몸관리는 쥐어짠 노력이 아니라 삼시세끼를 챙겨 먹듯이 자연스러운 삶의 일부가 됐다.

나는 바디프로필 두 번째 모임 오리엔테이션 시간에 나를 소개하면서 "복근은 만드는 데 1년이지만 사라지는 데는 1주일이면 충분하다. 밭고랑에 눈 쌓이듯 그렇게 순삭이다"라는 이야기를 했다. 밭고랑 비유가 인상 깊었는지 멤버들은 이 말이 자주 생각이 난다고 한다.

몸매의 최정점을 찍었던 시절만을 회상하며 감회에 젖어 있는다면 아무리 멋진 바디프로필을 찍었어도 아무 소용이 없다. 지속적인 몸관리 시스템에 나를 집어넣을 수 있었던 것이 바디프로필 촬영의 가장 큰 수혜다.

인바디를 찍어보니 현재 체지방은 10.3kg이다. 작년 프로필로 정점을 찍던 때, 그리고 그 흐름으로 방송국 섭외까지 들어왔던 때 6kg였던 체지방률에 비해 훌쩍 높아진 숫자지만 10kg도 일반인 기준에서는 훌륭한 체지방률이라 한다. 한번 정점을 찍고 나니 이후 관리가 조금 허술해져도 장기적인 관점에서는 괜찮은 스코어다. 대신

23~24kg 대를 유지하던 근육량은 최근 들어 근손실이 시작되고 있어 좀 경각심이 들긴 한다.

몸무게와 체지방이 동반상승하는 것은 어느 정도 용납이 되지만 소중한 근육이 빠져나가는 것은 안 된다. 근육의 양만큼 이 세상에서 할 수 있는 일이 늘어난다고 믿는 나로서는 근육이야말로 주식 계좌나 금괴보다 더 지켜야 할 가장 소중한 보물이다. 새로운 운동을 하나 배워볼 양으로 탄츠플레이 상담을 신청해 두었는데, 글을 쓰다 보니 밸리댄스 제2막을 열고 싶기도 하다. 여름이 다가오니 예쁜 비키니를 하나 사서 걸어놓고 그걸 입는 나를 상상해 보는 것도 좋은 자극이 되겠다 싶다. 이왕 운동할 거라면 새로운 것을 배우고, 아름다운 내 몸을 상상하는 일, 참 좋은 동기 부여가 된다.

나는 내가 생각해도 참 욕심이 많은 사람이다. 평소 나도 나의 이기적인 성향을 알고 있었고 이런 내가 참 싫었다. 그러나 이 이기심을 현명하게 사용하게 된 터닝포인트가 바디프로필 도전이었다.

나의 욕심이 결코 흠이 아니라는 확신이 들고 나니 무엇보다 나 스스로 더 빛나고 더 자신감이 생겨야 했다. 지

혜로운 아내로, 아이들의 엄마로, 글벗들의 리더로, 울림 있는 작가로, 그리고 무엇보다 한 명의 오롯하고 아름다운 여자로.

현재 나는 6개월 사이에 세 건의 출간 계약을 맺고 다음 기획도 준비하고 있다. 이게 어떻게 가능하냐고 많이들 묻는다. 이쯤이면 내 대답을 짐작할 수 있을 테다. 바로 체력이다. 그리고 체력을 키울 수 있었던 원동력은 내 몸의 정점을 박제해 두는 바디프로필 준비에서 시작됐다. 내 개인 프로필 한 번, 가족 프로필 한 번, 이렇게 반년을 보내고 나니, 평생 잊을 수 없는 운동 루틴이 일상 속에 자리잡았다.

나는 오늘도 새벽 3시 30분에 일어났다. 뒤따라 깨어나는 글벗들에게 최상의 글감을 배달하고 내 원고도 쓴다. 아이들 밥부터 일상을 모두 챙기고 사이사이에 또 원고를 쓰고 책을 읽는다. 그 중간에는 반드시 운동을 끼워넣는다. 내가 할 수 있는 일의 한계는 내 체력에 달렸음을 너무 잘 알게 되었기 때문이다. 앞에서도 말했듯 근육량 1kg마다 내가 세상에 끼칠 수 있는 영향력이 늘어가고 할 수 있는 일도 정비례로, 아니 곱절로 늘어난다.

무엇을 꿈꾸고 있든 그것을 이루기 위해서는 틈틈이 몸에 근육을 쌓고 최선을 다해 움직이는 일을 게을리하지 않아야 한다. 그 움직임은 지금 당장 눈에 보이지는 않지만 내가 어느 멋진 곳으로 갈 수 있게 도울 것이다.

목표 있는 운동을 하면 누구라도 인생의 가장 황홀한 구간을 경험하게 된다. 나를 둘러싼 모든 조건을 다 내던지고 오롯이 남은 내 육신을 바로 들여다보자. 그 속에 답이 있다. 그 답을 찾은 그날이 그대 인생의 진짜 1일차다.

바디프로필 도전 1일차입니다

초판 1쇄 발행	2021년 8월 20일
지은이	스텔라
펴낸곳	(주)행성비
펴낸이	임태주
책임편집	이세원
디자인	이유진
출판등록번호	제2010-000208호
주소	경기도 파주시 문발로 119 모퉁이돌 303호
대표전화	031-8071-5913
팩스	0505-115-5917
이메일	hangseongb@naver.com
홈페이지	www.planetb.co.kr

ISBN 979-11-6471-149-9 (03810)

행성B의 〈낭이문고〉는 다양한 분야의 '1일차입니다' 원고를 기다리고 있습니다. hangseongb@gmail.com으로 보내 주시면 소중하게 검토하겠습니다.